光文社文庫

江戸川西口あやかしクリニック４

恋の百物語

藤山素心《もとみ》

光 文 社

目次

登場人物

七木田《ななきだ》亜月《あづき》　就活に57連敗の後、あやかしクリニックに医療事務として就職。守護霊は毘沙門天。

新見《にいみ》天護《てんご》　クリニックの院長。天邪鬼のクォーター。淡麗系メガネ白衣。

吉屋《よしや》尊琉《たける》　クリニックの理事長。貧乏神のハーフ。ホスト系イケメン。

春司《ハルジ》・アリムジャノフ　薬局の管理薬剤師。座敷童子のクォーター。アイドル弟系。

水橋《みずはし》司《つかさ》　マッシュウルフの高校生。橋姫の4代目。

水橋　葵《あおい》　司の妹であやかし保育園に通う5歳児。

【第1章】あぶないテンゴ

恋をするとキレイになる――。

というのは、強制的にそうなっている感があるのに対して。

愛されていると、放っておいても内側から勝手に自己評価が急上昇していく。

そんなことを考えるようになるとは、思ってもいなかった。

週休3日のクリニックに医療事務として就職して、寮という名の2階に住み。

昭和で感覚が止まっているタケル理事長に銀座や麻布を連れ回され、末っ子系の弟気質が爆発している薬剤師のハルジくんと毎晩寝落ちするまでゲームをする生活は変わらない。

でも変わりましたよ、この七木田亜月《ななきだあづき》は。

淡麗系メガネ院長のテンゴ先生の、彼女？　的な？

そういうポジに昇格しましたから。

そりゃあ語尾も上がるし、鼻も高くなるってモンですよ。

こうして受付に立っていても、自然と姿勢すら良くなるってモンですよ。

もう隠せてなさすぎて、患者さんにもバレバレです。

「七木田さん、どうしたんですか？　なんか最近、違いますね」

「そう？　司《つかさ》くんは、いつも通りのイケメンだけど」

「はは……ありがとうございます」

ビートルズや韓流アイドルで有名になった髪型――マッシュウルフだっけ？

このマッシュルームを思わせるサラサラでウェービーなショートボブが似合う詰め襟の男子高校生なんて、江戸川町《えどがわちよう》ではこの水橋《みずはし》司くんぐらいかもしれない。

そのうえイケメンを超越した中性的な顔立ちだから、学校では王子レベルのはず。

でも学校には行けていないという話で、その理由までは分からない。

だからこうして忙しいお母さんに代わって、妹の面倒をみてあげられているのだけど。

「つかニィ、なに言ってんの？　別にナナアヅ、ぜんぜんいつもと変わってないけど？」

「葵《あおい》。大人には、友だちや家族と同じように話しかけちゃダメだよ」

あたしを「ナナアヅ」と呼ぶのは、司くんに連れられて予防接種に来た、これまた可愛いやら憎らしいやらの5歳女児――水橋葵ちゃん。

前下がりのボブにした眉上のショートバングで、顔だけ見れば司くんとめちゃくちゃ似ている、完全お兄ちゃん大好きっ子。

そしてなにより、テンゴ先生大好きっ子。

だからなのか、MR混合ワクチンぐらいでは泣きもしなかった。

4~5歳の娘さんを連れて来るお母さんたちを見ていると、わりと真剣に口ゲンカをしているることが結構ある。

その口調はもうほとんど大人で、むしろ子供ならではの素直な残酷さで言葉を選ばない。

お母さんからすると、すでに「女同士」の感覚に近いのかもしれない。

「なんで?」

「赤信号を渡っちゃいけないのと同じ」

「でも葵、赤信号をわたってるオトナを見たことあるよ?」

「そういう大人が、いつか事故に遭うんだから」

司くんそれ、たとえがもう高校生じゃないよ。

あたし今、めちゃくちゃ納得したもの。

「司くん、いいのいいの。葵ちゃんは来年から小学生になる、お姉さんだもんねー」

「ハァ? 葵、ナナアヅのお姉ちゃんじゃないんだけど」

「うーん……そういう意味のお姉さんじゃないかなー」

ただ葵ちゃんは最近、なぜかあたしに敵意——というか、ライバル心?

そういうのを、明らかに持っているようで。

今年のインフルエンザ・シーズンに、運悪く罹患《りかん》して弱々しかった葵ちゃんが懐かしい。

「ねぇ、ナナアヅ。ちょっと聞きたいんだけどさぁ」

「ん？　注射の跡が腫《は》れてきた？」

「はれてないよ」

「もし500円玉より大きく腫れてきたり」

「それはテンゴせんせーに聞いたから、だいじょうぶ。ちがうくて」

まだ背伸びをしてもぎりぎり受付テーブルから顔が出るぐらいなのに、なんと好戦的な。

ただまぁ、あたしだってオトナ女子ですし、だいたいクリニックの受付ですし？

5歳女児と同じ土俵で戦うなんてこと、しませんから。

「じゃあ、なに？」

「ナナアヅとテンゴせんせー、ケッコンしたの？」

うわ、他の患者さんたちと違って直球でキタ。

まったく勘のいい子だよ、ケッコンはしてませんけどね。

ていうか今年のインフルエンザ・シーズンが忙しすぎて、ケッコンどころかデートすら
ロクに行けてないですけどもね。

でも大丈夫、ちゃんと返しは用意できてますもの。

「葵ちゃんは、どう思う？」

「なに言ってんの？　葵がナナアヅに聞いてるんでしょ」

「……え？」

なによ葵ちゃん、なんでそんなに冷静なの。

質問に質問で返したら、素直にノッてきなさいよ。

「テンゴせんせーに聞いても、ちゃんとこたえてくれないし」

「え、聞いたの？　なんて言ってた？」

なによ、なんで「フフン」て笑うの。

テンゴ先生と相談して、もし患者さんに聞かれても誤魔化すって決めてたの。

だから、その確認で聞いただけなの。

「言っとくけど。テンゴせんせーは、葵のことが大スキだと思うから」

「そうなんだ。いいなぁ」

「わかってるの？　つかニィも葵のことが大スキだけど、そのスキとはちがうからね？」

「へ、へぇ……いいなぁ、葵ちゃんは」

そんなに愛される自信に満ちた5歳児が、正直うらやましい。

でもその自信がどこから来るのか、ようやく最近わかるようになってきた。

司くんからもお母さんからも、葵ちゃんはすごく愛されている。

上から目線の女王様っぽく見えるのも、あたしに対してだけで。

待合室で同じぐらいの子どもたちと男女を問わずにすぐ仲良くなっている姿を見ると、

保育園でも人気者なのだろうと簡単に想像がつく。

愛されていると自己評価が上がり、自己評価が上がるともっと愛されるようになる。

――天狗さまにならなければ。

間違った方向へ鼻が伸びないようにしなければならないのは、あたしの方かもしれない。

なんて5歳児を相手に考えていると、さすがに司くんが間に入ってくれた。

「ほら、葵。帰るよ」

「ヤだ。まだナナアヅから、おへんじ聞いてないもん」

「お会計を待ってる人が、いるかもしれないよ」

「葵でおわりって言ってたもん。テンゴせんせーが」

なんで最後にわざわざ「テンゴ先生が」って付けたの。

まぁ確かに、午前最後の患者さんではあるけど。

「葵は人に聞かれたら、全部どんなことでも教えてあげるの？」

「えー、ぜんぶは……ちょっと、おしえないかも」

「七木田さんも、葵と同じだよ」

司くん、なにその物腰の柔らかい説得の仕方は。

歳の離れた妹がいると、それだけでスラスラかっこいいこと言えるようになるの？

モテすぎて女子同士の争いに巻き込まれたから、学校に行けなくなったとか？

「じゃあ、つかニィ。葵とナナアヅなら、テンゴせんせーはどっちがスキだと思う？」

気のせいだろうか、司くんが一瞬だけ表情を暗くしたような。

まぁ妹とあたしを前にして、それは答えにくいよね。

「……そうだね。葵がもう少し早く生まれてたら、きっとテンゴ先生も」

「ちがうよ、つかニィ。男子とか女子とかオバケとかユーレイとか、そういうのはレンアイにカンケーないって、エンチョーせんせーが言ってたもん」

さすが「あやかし保育園」の園長——浅茅《あさじ》が原《はら》の鬼女《きじょ》は、教育方針にブレがない。

そういえば葵ちゃんは橋姫《はしひめ》の4代目、つまりクォーターのさらに下の代らしいけど。

姫って付いてるぐらいだから、身分の高いあやかしだったのかな。

「でもね、葵。男とか女とかは関係なくても、歳は関係あるんだよ？」

「そうなの!?」

「歳が離れすぎていると、好きの意味が変わってくるんだ」

「うっそ」

「ホント。テンゴ先生は葵のことも……七木田さんのことも、どっちも好きだと思うよ。でも葵とは歳が離れているから、きっと意味が違う好きだと思うな」

「じゃあ、つかニィのことは？」

「……え？」

「つかニィも、前からテンゴせんせーのことがスキでしょ？」

また一瞬、司くんの表情がブレた気がする。

でも怒ったりせず、葵ちゃんの疑問にキチンとひとつずつ丁寧に答えていく。

「あぁ……すごく、お世話になったからね」

「きっとテンゴせんせーは、つかニィのこともスキだと思うけど……それもナナアヅのことをスキとは、ちがうスキなの？」

「そうだね……きっと、違うと思うよ」

それを聞いて、ようやく納得したのか。

頭にポンと手を乗せられた葵ちゃんは、やっと受付から離れてくれた。

それにしても司くん、マジで高校1年生なの？

女子コミックなんかだと、学校で先生や教育実習生とアレな展開になりそうだよね。

「葵やさしいから、ナナアヅにいいこと教えてあげる――」

素直に帰るかと思いきや、振り返った葵ちゃんは「フフン」とまた笑っていた。

なんだろうか、この5歳児に負けている感覚は。

お母さんたちが我が娘《こ》にイラッとするのは、これのことだろうか。

「――ユダンしてると、さいごは葵に負けると思う」

「……はい？」

「しらないの？『うさぎとカメ』って本にかいてあるから、よんだ方がいいよ」

「あ、ありがと……読んどくわ……」

すいません、と謝りながら葵ちゃんを連れて出て行った司くん。

ほんと、忙しいお母さんの代わりに大変だね。

けど葵ちゃん、テンゴ先生のことはぜんぜん納得してないわ。

司くんが言ってたように、歳が近かったらマジで負ける気がする。

なにあの自信に満ちた可愛い顔と、それにピッタリの可愛い髪型と——気高さ？

末恐ろしいよ、葵ちゃん。

「ナナキダさんは、アオイちゃんと仲がいいのか」

「テッ——」

いい匂いをさせながら、いきなり背後に立つのはヤメてもらえませんか。

仕事がひと息ついて肩の力が抜けた感じ、たまらなく好きです。

けどテンゴ先生の好き、か。

まぁ絶対に言わないのは知ってるし、あのステージであれだけのことを言われたら、さすがにそれ以上なにを確かめたいんですか、バカなんですかって話になるけど。

今年はインフルエンザの流行が長引いたのもあって忙しく、あれからマジでテンゴ先生の言葉通り、今までの生活がこのまま永遠に続くんじゃないかって感じで流れて行き。

かと言って釣った魚にエサをやらない感じでもなく、むしろ作ってもらうご飯のメニューが軽く50品目を超えているのに驚いたばかりで、ある意味エサは一杯もらっている。

けどこの隣にいるメガネの淡麗系イケメンと腕を組んで江戸川町を歩きながら、声を大にして「この人、あたしのこと好きなんですよーっ！」と言っても信じてもらえない確率が、わりとあるんじゃないかと今でもよく思う。

まぁ、それは確認の方法が悪すぎるか。

タケル理事長がよく言うところの、軽くイージーに聞けばいいのかな。

「テ、テンゴ先生は……あたしと葵ちゃんなら、どっちが好きですか？」

「……エ？」

あー、キョトン顔されたよ。

バカなこと聞いてんなぁ、あたしって。

「いや、なんでもないです……すいません」

「まぁ……その、カテゴリーが違うので……」

とか言いつつ、見えないカウンターの下で。

ちょっとだけ手を握ってくるのは、卑怯《ひきょう》じゃないですか？

▽　▽　▽

仕事をおぼえるのが遅いあたしも、ようやくクリニックの受付業務に慣れてきた。

まずは目の前にいる患者さんに「ミスがないよう」対応できるようになり。

そこから、患者さんのことを「考えて」対応できるようになった。

ひとりの患者さんに関するその流れを把握したら、それを午前と午後の診察枠に拡大。

次に曜日によって変わる業務内容――一般診察、予防接種、乳児健診、お手伝いに来てもらっている妊婦健診などで、それぞれ違う流れと注意点を把握した。

毎月やってくる診療報酬請求という、完全事務仕事でもパターンを掴《つか》み。

最近ようやく、待合室にいる患者さんの様子にも自然と目を配れるようになったけど。

「……あれ？」

今は木曜日の午前中で、一般診察の枠。

体調が悪くなったり、いつものお薬を取りに来る患者さんたちに紛れて。

待合室のソファで絵本を読んでいるあの女の子には、どう見ても保護者がいない。

「ちょっと、葵ちゃん？　まさか、ひとりで来たの？」

返事はないけど、いまチラッとこっちを見たでしょ。

ぜんぜん気づかなかったな、いつ紛れ込んだのよ。

仕方なく受付を離れ、知らんぷりをしている葵ちゃんの前にしゃがみ込んだ。

「具合悪いの？　まだ保育園、終わってないよね？」

これで視線を合わせないわけには、いかないだろう。

なのに葵ちゃんは、妙に自信満々の顔でスッと袖をまくり上げた。

「このまえチューシャしたところが、赤くなったから来たの」

パッと見た感じ、赤くなっているのは米粒大で。

もちろん腫れている様子はなく、予防接種の副反応としては極《ごく》軽度だ。

「お熱、出た？」

「ううん」

「腕、痛い？」

「べつに？」

「べ……司くんは、あとから来るのかな。それとも、今日はお母さんと待ち合わせ？」

「葵、らいねんから小学生なんだよ？　ビョーイングらい、ひとりで来れるもん」

ちょっとちょっと、やっちゃいましたな葵ちゃん。

いくら近くだとはいえ、あやかし保育園を勝手に抜け出して来たな？

まさかとは思うけど、テンゴ先生に会いに来たんじゃないでしょうね？

むかし「ひとりでやれるもん」って流行《はや》ってた気がするけど、さすがにこれはダメだよ。

「葵ちゃん、それはダ――」

ダメと言いかけて、なぜか司くんの顔を思い浮かべてしまった。

司くんなら「ダメ」のあと、なんと言って葵ちゃんに説明するだろうか。

なぜこれがダメなことなのか、あたしはちゃんと5歳児に説明できるだろうか。

理由もなく「ダメ」と言うのは簡単だけど、それでは何も教えたことにはならない。

「だって、テンゴせんせーに言われたんだもん。赤くなったり、はれたら来なさいって」

それは「500円玉より大きく」腫れたり、赤くなったりしたらでしょ――。

と説明したところで、ひとりで病院に来てはダメな理由にならない。

そもそも、勝手に園を抜け出しているわけで。

「園の先生には『病院に行ってくる』って、ちゃんと言った？」

「いそがしそうだったから、言わなかったけど？」

やっぱり黙って抜け出してたか、そりゃそうか。

病院に行ってきますと5歳児に言われて、行ってらっしゃいと答える保育園はないって。

きっと今ごろ、あやかし保育園では大騒ぎだろうな。

「葵ちゃん、組織ではね。報告、連絡、相談――ホウ・レン・ソウと言って」

「ほうれん草って、やさいだよ？」

なに言ってんのあたし、バカじゃなかろうか。

ホウレンソウが必要なのは、あたしの方だっての。

「あーっと……そうじゃないんだよ、葵ちゃん……そうじゃない、けれども」

「ナナアヅ、おシゴトしなくていいの？」

「えっ――」

慌てて振り向いたら、受付の前で患者さんがふたりほど何事かとこっちを見ている。

なにが、ようやくクリニックの受付業務にも慣れてきただよ。

いま外来を止めてるのは、完全にあたしじゃん。

これを葵ちゃんのせいにしたら、たぶんあたしは大人を辞めるべきだと思う。

「――あ、すいません！　あの、すぐ戻りますから」

「ねぇ。葵は、あと何番ぐらい？」

なんでそんなフツーの顔して見あげてくるの、診察券も出してないでしょ。

保険証の確認は許してあげるけど、それ以外のお話は終わりにできませんからね。

「あのねぇ、葵ちゃん……」

まず受付に戻って患者さんの対応をして、それから司くんに電話するかな。

けどなぁ、平日の午前中に男子高校生のスマホを鳴らしていいモンかね。

今日あたり学校に行けてたら、どうすんのよ。

やっぱ、ここはお母さんだよね。

でもよく知ってる子なのに、いきなり親に電話して呼び出すってのもアレだよなぁ。

葵ちゃん怒られるかなぁ、どうにか丸く収めてあげたいよなぁ。

そうか、とりあえず保育園に電話するのが一番か。

けどそうしたら、ギリギリのマンパワーでやってる保育園から先生がひとり欠けるし。

お迎えは大丈夫ですからって、うちで葵ちゃんを預かっちゃっていいモンかね。

タケル理事長、部屋で寝てないかな。

女性なら分け隔てなく、幼児から老女まで同じように優しいし。

なんて考えてたら、ついに診察室からテンゴ先生が顔を出してしまった。

「どうした、ナナキダさん」

「す、いません……えっと、これはですね……」

「ちょっと、テンゴせんせー？　カンジャさんはナナアヅじゃなくて、葵なんだけど」

そう言いながら葵ちゃん、めちゃくちゃ可愛い笑顔を浮かべる。

軽く怒りながらの笑顔とか、恋愛特殊部隊の女子ぐらいしか使いこなせない技なのに。

あ、テンゴ先生なら葵ちゃんに何て言うのかな。

「失礼。そうだったな」

笑顔のお返しという、あたしにはない選択肢だった。

けどその後、テンゴ先生はサッと待合室の患者さんたちを見渡した。

患者さんたちもそれに反応して、テンゴ先生に視線を送り返している。

その間わずか数秒、テンゴ先生は苦笑いを浮かべて軽く会釈した。

「じゃあ、アオイちゃん。診せてもらうから、診察室に入って」

「はーい」

えっ、診察するんですか？

これって大した症状じゃないっていうか、なんともないって伝えた方がいいのかな。

「ナナキダさん」

あたしにだけ見えるように、テンゴ先生が「こっちへ」と小さく手招きで呼んでいる。

日本式なら手のひらは下向きだけど、先生は欧米式なので手のひらは上向き。

あー、その指先で猫なみにあごをコチョコチョされたいわ。

「はい……？」

すっと間合いを詰められて、あやうく目を閉じてなんでも受け入れＯＫになる直前。

耳元で囁《ささや》かれた低音の小声が、内臓にまで響き渡った。

「園の先生に連絡して、うちに来てるから大丈夫だと」

「は……はひぃ」

「……大丈夫？」

ヤメてください、大丈夫じゃありません。

この近接攻撃を連打されると、膝がくだけて腰から沈みそうです。

「あと。八田《はった》さんに連絡して、ツカサくんが家に居るなら連れてきてもらって。学校に行ってたら、連れて来なくていいから」

「あい——っ」

くあっ、鳥肌が背中を駆け下りていった！

ろれつが回らないっていうか、返事すらロクにできてないし！

手短に指示を出すと、テンゴ先生は葵ちゃんの肩に手を置いて診察室に連れて行った。

振り返った葵ちゃんからは、自信満々な「フフン」の笑みをいただいたものの。

患者さんの診察順を飛ばしちゃってるけど、大丈夫なのかな。

「すいません、みなさん。ちょっと、これはですね……」

と、言いかけたところで。

待合室の患者さんたちは、そろって「いいの、いいの」と笑顔で手を振ってくれた。

そういえば、テンゴ先生が診察室を見渡したあの一瞬。

あれだけで患者さんたちの心を読んで、急性疾患がないことを把握したのかもしれない。

「……すっかり忘れてたけど、天邪鬼《あまのじゃく》の読心ってすごいな」

ありがとうございますと、患者さんたちに頭を下げて。

とりあえずテンゴ先生に指示された通り、まずは園に連絡をした。

半泣きになっていたトイレの花子先生を安心させたあと、八田さんに電話したらマッハで「御意」とだけ返事されてプツリと切れたけど大丈夫でしょう。

受付で待っていた患者さんの診察券を通してとりあえず診療の流れを元に戻したら、ちょっと葵ちゃんが気になったので「すぐに戻ります」札を立てて診察室に顔を出した。

「アオイちゃんは今日、ひとりで来たのか」

「うん、エンからすぐだから。ちゃんとシンゴーも青になってから、わたったよ？」

キチンと診察を済ませた先生が、ようやく葵ちゃんとその話を始めたところらしい。

まさか先生、ここで褒めたりしないですよね。

「それは大事なことだが、ひとりで来たのは『とても危ないこと』をしてしまったな」

「えー。だいじょうぶだよ、マイゴにもならなかったし」

「アオイちゃんは、可愛い女の子だ――」

えっ、なにその急な角度での切り込み。

そこから、どうやって話を続ける気なんですか。

葵ちゃん、めっちゃくちゃキラキラした瞳で先生を見てますよ？

「――この世界には、可愛い女の子をさらって行く悪い大人がたくさんいる。たとえ園からここまでがどれだけ近くても、悪い大人がどこに隠れているかわからない。園を出た次の曲がり角には、もう居るかもしれない」

「……そうなの？　じゃあ、男子だったら……だいじょうぶ？」

「いや、男の子でもさらって行く悪い大人がいる。だからおまわりさんがいるのだが、助けてと叫んでもすぐには来られない。おまわりさんはアオイちゃんだけでなく、江戸川町の人たちみんなを守らなければならないから。それにもし110番《ひゃくとおばん》に電話ができても、10分以上かかってしまう。その間に、アオイちゃんは連れ去られる」

キラキラしていた葵ちゃんの瞳は、ちょっと怯《おび》えた真剣な眼差しに変わっていた。

もちろん先生の話は事実だけど、なんか怖がらせすぎじゃないですか？

「……じゃあ、こんどからもっと気をつけて来るね」

「それでは足りない。アオイちゃんがどれだけ気をつけていても、それは防げない」

「なんで？　知らない人には、ぜったいついて行かないよ？」

「アオイちゃんは小さな子どもで弱く、悪い大人は大きくて強い。アオイちゃんは勝てないから、誰か守ってくれる大人がいないと危険な状態は変わらない。わかるかい？」

「うん……」

「これは子どもだけではなく、女性にも言えることだ」

そう言ってテンゴ先生は、あたしの方をチラリと見た。

いやまぁ、あたしも気をつけます——はい。

「それから医学的な話をすると、アオイちゃんが目で見ている範囲——これを視野というのだが、それは大人よりもずっと狭い。つまり、見ているようで見ていない範囲がある。それに道路の車からも、アオイちゃんは小さくて見えにくい。つまりアオイちゃんを守ってくれる大人がそばに居れば、車からの目印にもなるということだ。横断歩道を渡る時は信号が青になっても、右を見て、左を見て、手をあげて渡る。その理由はこれだ」

「そっか……でも葵、らいねんから小学生なんだけどなぁ……」

葵ちゃんは賢い子だから頭では理解しているけど、それでも完全には納得していない。

それを知ってか、知らずか。

不意にテンゴ先生は体を曲げて、視線を葵ちゃんの目の前に近づけた。

「俺はまたアオイちゃんが危ない道をひとりで来るかと思うと、心配でならない。しかもいつ来るかわからないから、毎日心配で仕事も手に付かなくなるだろう。きっと園の先生やお母さんや、ツカサくんも同じ気持ちだと思う」

テンゴ先生に真正面から見つめられると、年齢を問わず折れるのだと知った。

あの葵ちゃんですら、少し恥ずかしそうに視線を逸らしている。

「俺のわがままで申し訳ないが、もう二度と俺を心配させないと約束してくれないか」

うわぁ、なんですかそのセリフは！

言われたい、あたしが言われたい！

なんて心の中で、5歳児と同じ土俵で争っていると。

慌てて前のめりになりながら、診察室に司くんが駆け込んで来た。

「葵っ！」

「あ、つかニィ」

「おまえ——」

しかし司くんがなにか言う前に、テンゴ先生が「まぁ、まぁ」と表情だけで伝えた。

その姿を見て、司くんの不安と焦りは消えたのだろうか。

言葉を荒《あら》らげることもなく、葵ちゃんのそばにしゃがみ込んだ。

「——これはさすがに、ボクもビックリしたぞ？」

「……ごめんなさい」

「テンゴ先生に診て欲しかったのか」

「うん……」

「じゃあ、テンゴ先生にも」

「テンゴせんせー、ごめんなさい」

ヤレヤレといった顔を浮かべただけで、司くんは葵ちゃんの頭をくしゃくしゃっとした。

よく見かける親子の「なにやってんの！」「ダメじゃない！」なんてやりとりは、ひとつも始まりそうにない。

「ありがとうございました、テンゴ先生。いつも本当に……ボクら、色々すいません」

ちょっとこれ、わりと凄いんだけど。

司くんはこの光景を見ただけで、テンゴ先生が診てくれているなら葵ちゃんは大丈夫だと思ったわけでしょ？

それに葵ちゃんを怒らないってことは、必要なことはテンゴ先生がぜんぶ話してくれたものだと思ってるわけでしょ？

司くん、マジでテンゴ先生に全幅の信頼を置いてるんだね。

信じるってこういうことなんだろうけど、あたしにできてるか自信がなくなってきたよ。

「それより、ツカサくん。最近、どうだ」

「はい？」

「最後にうちへ来たのは、受験前だったが」

「……覚えてるんですか？」

「生まれて最初にうちへ来たのは、生後3～4ヶ月健診。すべて覚えている」

一瞬だけ恥ずかしそうな表情を浮かべた司くんだったけど、それはすぐに消えた。

中性的な顔立ちだから、クールというよりは物静かと言った方がピッタリくる。

「ボクは、これといって変わりないです……葵ぐらい、行動力があればいいんですけど」

「親兄弟といっても、別個体だ。誰かの真似をする必要はない。それより、仙北《せんぼく》さんのところへは行っているのか？」

仙北さんのところ——つまり「聞き屋　カエル・コーポレーション」ということは、話を聞いてあげないとお薬だけでは解決しないタイプのヤツだろうか。

まぁそうだよね、学校に行けてないっていうぐらいだし。

「いえ、あまり……」

「そうか。では、うちの外来に予約を入れておくか」

「先生の外来？」

「もう、薬もなくなっているだろう」

また表情がパッと明るくなりかけたけど、すぐに消える。

司くんの抱えてる問題って、なんだろう。

「大丈夫です。先生を待ってる患者さん、たくさんおられますし」

「そういうことは気にしなくていいし、薬がなくなっているなら大丈夫とも思えないが」

よくわかっていない葵ちゃんは、テンゴ先生と司くんの顔を交互に見ている。

ちょっとだけ考えたあと、すぐに司くんは葵ちゃんの頭に手を置いて一緒にお辞儀した。

「ありがとうございます。また、そのうち」

今なら先生の外来予約枠、わりと空いてるよ？

学校に行けてないのなら、来てみたらどうかな。

なんていきなり、あたしが口を挟めるはずもなく。

診察室を出て行くふたりの後ろ姿を見送っていると、振り返った葵ちゃんがつぶやいた。

「いいなぁ……ナナアヅは、いつもテンゴせんせーといっしょで」

返す言葉に詰まって、大人げなく視線を逸らしていると。

司くんがひとつため息をついて、誰に向かってでもなく言い聞かせた。

「みんなのテンゴ先生は、誰かのためだけのテンゴ先生でもあるんだよ」

「どういうこと？　ナナアヅとケッコンするってこと？」

5歳児の直球に固まったのは、あたしとテンゴ先生だけで。

相変わらず司くんは穏やかに、葵ちゃんと向き合っている。

「葵は、どう思ってる？」

「えーっ？　テンゴせんせーは、葵とケッコンしたいと思うけど」

「……そうか。じゃあ、テンゴ先生を困らせちゃダメだぞ？」

「はーい」

そう言ってもう一度あたしを振り返った葵ちゃんは、なぜか笑っていなかった。

むしろ今までのように、気高く「フフン」と鼻で笑われた方がスッキリしたのだけど。

「あの、テンゴ先生？」

「いや、少しも考えていないわけではないのだが……なんというか、急に言われると」

「……なんの話です？」

「エ？」

もう、なんでこのタイミングでまたキョトン顔をしてるんですか。

なにを考えてないわけではないんですか、その二重否定は。

「あたしの持ってる【領域別あやかし図説】には【橋姫】が載ってなかったんで、どんなあやかしさんなのか後で教えてもらえるかなと」

「あぁ、それ。そう……それを、俺も考えていたのだが？」

いやいや、なんで語尾が上がってるんですか。

だから、なんで先生がビミョーに照れてるんですか。

「やっぱ、多少はググッてからにしますね」

「その必要はないだろう。時間がもったいないというか、最初から俺が教えたいと思うのだが……もし良ければだが、今日の夜にでもどうだろうか」

「すいませんが、お願いします」

「では、どうだろう……なんと言うか、俺の部屋で」

「了解です」

「……エ？」

どうしたんですか先生、ここは驚くところですか？

えっ、先生の部屋ってそういう意味ですか⁉

ちょ待っ――え、えぇっ⁉

▽　▽　▽

先週ぐらいから、なんとなくテンゴ先生の様子がおかしい。

最初は些細なことだったけど、どうにも先生らしくない行動が目立つようになった。

「あー、まただわ……」

処方したお薬にあわせて病名を付けることは、どの病院でも一般的にやられている「処方病名」とか「レセプト病名」というヤツで――ぶっちゃけてしまうと出した処方に適用されている病名は、電子カルテが勝手にピックアップして羅列してくれる。

クリニックの保険診療は「出したお薬がすべて」で、実際の症状は関係ないのが現実。

でもテンゴ先生は、その中でもなるべく患者さんの症状に似ている病名を選ぶ。

出したお薬に対して電子カルテが処方病名に「急性気管支炎」を挙げてきても、咳の症状がない患者さんには別の病名を選ぶようにしているのだけど。

どうも最近、それをしない。

声が擦《かす》れてのどが痛くて腫れをとってあげたい時、先生はよくプレドニゾロン錠を出す。

このお薬の「適応=レセプト病名」はたくさんあるけど、代表は「気管支喘息」。

喘息でもないのにおかしな話だけど、先生はさらにおかしな「薬疹」を選んでいた。

もちろん保険請求上はなんの問題もないとはいえ、テンゴ先生としてはあり得ない。

「……この患者さん、なんの症状で受診したんだっけ」

電子カルテの記載を見ても、やはり皮膚症状の記載はない。

そして次に気になるのは、所見記入がめちゃくちゃ少なくなったことだ。

普通は診察所見のテンプレを呼び出してそこに追記していくのだけど、もうスカスカ。

それで間違った処方が出ているわけでもないし、けっきょくテンゴ先生が診察内容をぜんぶ覚えているので問題にはならないけど、もし監査が入ったらダメでしょこれ。

そんな病名チェックを終えて受付機《レセコン》をシャットダウンし、外来の戸締まりを終え。

カレーのいい匂いがするキッチンに行ってファンタでも飲もうかと冷蔵庫を開けたら、卵立てに四種混合の予防接種がフツーに並べられていた。

「ちょ、誰よこれ——」

外来の冷蔵庫でもキッチンの冷蔵庫でも、いいっちゃいいけど。

患者さんに見られたら「マジあり得ないんですけど」と言われても仕方ないだろう。

薬剤系に関して、タケル理事長は文字通りノータッチで絶対に触れもしないはずだし。

そういえば今日――卸業者のドワフレッサさんから受け取ったの、テンゴ先生だったわ。

どうしたの先生、まさかボケたの？

前に多忙でワーキングメモリが埋まった時とは、ビミョーに違う気がするんですけど。

なんて冷蔵庫を開けたまま考え込んでいると、薬局を閉めたハルジくんが戻って来た。

なにその目深にかぶったパーカ、アサシンなクリードのゲームに出て来たヤツの真似？

「ちょっと、あーちゃん！　外来でテンゴさんと、隙あらばイチャイチャしてない⁉　それともふたりで、Ｓｗｉｔｃｈやってんの⁉」

「な、なんでイチャイチャ――っていうか、なんでＳｗｉｔｃｈが同じ扱いなの」

「今日とか疑義照会《ぎぎしょうかい》、多すぎでしょ！　患者さん、めっちゃ待たせちゃうんだけど！」

「あーそれ、あたしも思ってた……」

患者さんの処方箋を薬剤師さんが見て「なんか変だな」と思った時――たとえば小児に出すお薬の量が体重換算したら合ってないとか、患者さんの訴えと違うとか。

いわば処方をチェックする「最後の砦」が、薬局からの疑義照会だ。

とても大事なことだけど、処方した医師にこの確認を取るまで調剤はできない。

疑義照会の電話が入った時、先生が診察中だと終わるまで待ってもらうことも多い。

つまりその間、患者さんが薬局で待たされる時間も長くなるということなのだ。

「まったくさー。薬剤を3種類出して、全部の処方日数が違うとか」

「ごめん。あたしが患者さんへ渡す前にチェックできてれば、良かったんだけど……」

「いやそれ、受付の仕事じゃないから。テンゴさんの甘えだから。そんなにイチャイチャした挙げ句に甘やかすとか、過保護なの？　介護なの？」

「だから、イチャイチャしてないって」

「……やっぱ、Ｓｗｉｔｃｈかよ」

「なんで、その2択？」

テーブルでブーたれているハルジくんをなだめながら、お鍋のカレーを温めていると。

珍しくタケル理事長が、夕食時に戻って来た。

「こらぁ、テンゴぉ！」

入って来るなり、それ？

なになに、今度はなにやっちゃったのテンゴ先生。

「どうしたんですか、タケル理事長」

「あ、カレーか。オレはライス少なめの、ルー大柴で」

「……いつも通り『ルー大盛り』でいいですか？」

胸元を開けた白シャツにテラテラのジレで、どさっとテーブルについたタケル理事長。

何回カレーをこぼしても、白シャツを着替えずに食べるんですね。

「亜月ちゃん、またテンゴになんか頼んだ？」

「なにも頼んでないですし、またってなんですか」

「え……最近なにも、もらってない？」

やぶ蛇っぽい顔して口元を押さえた理事長だけど、まぁそれは気にしません。

テンゴ先生は、なにかっちゃ部屋でひとり黙々となにかを作ってますから。

そうでなければ、あたしと映画を観てます。

「テンゴ先生が、どうしたんですか？」

「駅の東口に小物屋があるじゃん」

「小物……手芸屋『マゴ』ですか？」

「それそれ。あそこの奥さんが申し訳なさそうに、これの確認してきたんだけどよ」

タケル理事長がポケットから出したのは見積書で、青いドットの印字が並んでいるけど。

その総額に、思わず声が出てしまった。

「なんですか、これ！」

「あいつ、ちょいちょいクラフト系？　そういうのをチクチクやってんのは知ってるけどよォ、さすがにこれ『単位』を間違ってませんかって言われたの」

注文内容は「サルカン１０００個」「革紐10ｍ」「銀粘土《シルバークレイ》１㎏」。

ちなみに銀粘土の単価は50ｇで７８００円――これだけで15万円を超えている。

革紐10ｍで何を縛る気ですか、だいたいサルカンってなんですか。手芸やクラフトというより、もはや業者か工房レベルですよこれ。

「けど、なんで理事長に？」

「あー、まぁ……あそこの奥さんとは、知らない仲じゃない的な？　なんて言うか」

「いや……それ以上は、言わなくていいです」

「どうも最近、テンゴの様子がヘンだったみたいでよ。本人には言いにくかったんだと」

身内から見てだけじゃなく、誰が見てもやはりテンゴ先生の様子はおかしいらしい。

あ、身内にあたしも入れちゃってるの恥ずかしい。

そんな「大丈夫かよテンゴ」話が次々と出て来る中、ようやく本人が部屋から出てきた。

「すまないが、今日はカレーにしたので」

カレーで謝られる意味はわからないけど、相変わらず量販店の上下でそろえた部屋着。

あれだけ何を着てもモデルさんみたいなのに、今日の違和感は――。

って先生、その上下で色違いのピチピチなスウェットは何ですか！

「テンゴさん！　それ、ぼくの着てない!?」

「え……？」

そりゃあハルジくんのをムリヤリ着ちゃったら、ピチピチにもなりますよ。

らくらく部屋着のスウェットも、スキニーの膝下ハーフパンツになりますって。

テンゴ先生、脚キレイだなぁ。

けど、それ以前に――。

「あの……先生？」

「エ？」

「靴下が……」

「アッ――」

左右で色違いを履いているなど、テンゴ先生にはあり得ない。

ヤバいなこの感情、庇護欲《ひごよく》ってヤツかな。

ダサいのに可愛いとか、もう寝転がらせてお着替えさせたくなってきたよ。

日頃がカンペキなだけに、これが落差萌えってヤツかも。

「――ちょっと着替えてくる」

「でも先生。自宅なんですから、別にそれでも」

「ダメだ」

耳を赤くして足早に部屋へと戻っていったテンゴ先生を見送り。

速攻で着替えて帰ってくるまで、視線は交わしたものの誰も口を開かなかった。

結局は自分のスウェットで戻ってきたけど、そのシュッとした姿を見てホッとする。

「待たせてしまった。すまないが、今日はカレーにしたので」

「テンゴさん。それ、さっき聞いたから」

「タケルは、ルー大盛りか？」

「いや、見ろこれ。もう亜月ちゃんに、もらってるだろうよ」

「そうか、そうだな。では、いただきます」

「いやいや。おまえのカレーないじゃん、スプーンと水だけじゃん」

「そうだな」

もはや食べる準備だけで、かなりつまずいているテンゴ先生。

こうして4人そろう夕食は珍しく、だいたいガヤガヤ好き放題しゃべるのだけど。

タケル理事長は、手芸店の見積書に関して言い出す様子はなかった。

チラチラとあたしの方を見ながら、雑炊のようにご飯が泳ぐカレーをすくっている。

「お？　今日は、そば屋のカレーみたいでウマいな」

ハルジくんも疑義照会のことは、テンゴ先生に言うつもりはないのだろうか。

フツーにカレーを食べながら、チラチラとあたしの方を見ている。

「ぼく、このカレー好きだな」

待って、なんでふたりともあたしをチラ見してるの。

これ、全部あたしが言う雰囲気になってませんか？

え、やっぱりカノジョの仕事ですか？

ヤバい自分でカノジョとか言ってるの、チョー恥ずかしいんですけど。
カレーをひとくち食べてみて、あたしはその違和感にすぐ気づいた。
「どうした、アヅキ。マズいか？　失敗したか？」
このカレー、確かに美味《おい》しいっちゃ美味しいけど——。
なんだろう、テンゴ先生のカレーじゃない気がする。
正確には「テンゴ先生が作りそうなカレー」とは、明らかに違うのだ。
「いや、美味しいです。けど……」
「けど？　口に合わないか？　ダメか、もうムリか？」
なんですか、もうムリって。
違うんです、この違和感の理由を探してるんです。
あっ、ジャガイモか？
たしか冷凍できなくなるからという理由で、カレーにはジャガイモを入れないはず。
タケル理事長が言うように、おそば屋さんみたいな和風テイストなこのカレー。
今度はゆっくり、食レポなみにルーだけを味わってみた。
あれ、あたしこの味を知ってるぞ？
なんだっけこれ、あれだよアレ——あっ、わかった！
そうか、そういうことか！

「テンゴ先生。このカレー、美味しいんですけど――」

「けど？」

「――これ、元は『肉じゃが』でしたね？」

パキッと凍りついたように、テンゴ先生が止まった。

まさかそれはないだろう、みたいな顔でタケル理事長が見ている。

ハルジくんなんて「どうせ勘違いでしょ」と、あきれ顔だ。

「……なぜ、わかった」

「えっ⁉　マジかよ、テンゴ！　これ、肉じゃがのリカバーなのか⁉」

「うっそ……ぼく、ぜんぜん気づかなかったんだけど。あーちゃん、何者なの？」

「あたしだってね。ダテにテンゴ先生から、餌付けされてないんですよ」

なにこれ、ぜんぜん威張れた感じがしないんだけど。

まぁいいか、事実だし。

「そうか、気づいていたのか。ローテーションからすれば、今日は和食にするはずだった。確かに肉じゃがを作っていたはずなのだが、なぜか気づけばカレーのルーを溶いていた。糸こんにゃくを抜いて安心したことが、最大の落ち度だろう……」

いやいや落ち度はそこじゃないですし、美味しいから別にいいんですよ？

待って待って、そんな泣きそうな顔で目を逸らすことないじゃないですか！

ヤだ、そんな姿も可愛いとか思うあたしってもうビョーキじゃないかな！

「先生、違いますよ!?　責めてるんじゃないんですよ!?」

「……アヅキには、なにも隠せないのだな」

首をかしげながら、何度もカレーの味を確かめていたハルジくんだけど。

やっぱりわからなかったのか、スプーンを置いてヤレヤレとため息をついた。

「テンゴさん、どうしたの。最近、やたら疑義照会も多いよね」

「そう、だな……すまない」

タケル理事長は別に気にした風もなく、カレー雑炊を平らげて口元を拭いている。

「おまえ、寝てないだろ」

「……なぜ？」

「八田さんにLINE、返したか？」

「ん？　来月の出張スケジュール……だろうか」

「返せねェよな？　八田さんの車にスマホ忘れてんじゃあよ」

驚いているテンゴ先生に、理事長はスマホを差し出した。

もう、手芸屋さんの見積書を確認するつもりはないらしい。

「タケル……中を見たのか」

「見てねェよ。おまえらがほっぺをくっつけてる自撮りなんて」

「な――ッ」

「集中力だけじゃなく、判断力も欠けてる時は、まず低血糖と脱水を疑うんだよな？」

「……そうだ」

「あとは、タンパク質と1日の総摂取カロリーだっけ？」

「あぁ、間違いない」

「見てる限り、それは十分だよな。だとしたら、寝てないしか……でもなぁ」

チラッとあたしを見て、うーんと首をかしげるタケル理事長。

あたし、なにかテンゴ先生に迷惑かけてますか？

「大丈夫だよ、タケさん。あーちゃんは今まで通り、夜はぼくと遊んでるから」

こらこら、なにが大丈夫なの。

この前も、せっかくテンゴ先生の部屋で橋姫のことを教えてもらうつもりだったのに。

けっきょくズルズルと、ロボット撃ち合いゲーに付き合わされたんじゃないの。

あれがなきゃ、わりといい感じに先生の部屋で――って、待って待って!?

タケル理事長があたしを見たのは、そういう意味なの!?

あたしがテンゴ先生の部屋に毎晩忍び込んで「今夜は寝かせないよ」的な!?

「ないない、ないですよ!?　そういうの、ないですから！」

「亜月ちゃーん。そこまで『なにもない』ってのも、ちょっとアレじゃねェか？」

「そうは言っても……だいたい、ハルジくんが」

「だって、あーちゃん。もっと支援機の練習しないと、いつまでもランクDのままだし」

前の撃ち合いゲーに飽きたと思ったら、今度はロボット撃ち合いゲーの毎日。

マッチングがうまくいかなくても、そのままあたしの部屋でマンガ読むし。

最近、風呂あがりに自分の部屋へまっすぐ戻ったことある?

逆にそういうの、テンゴ先生とやってみたいモンだわ。

ってまぁ、可愛げな弟ができた感をあたしも楽しんでたのは否定できないけどね。

「ハルジよー。いい加減、亜月ちゃんを解放しねぇと」

「ハァ? なに言ってんの。タケさんだって、あーちゃんを外食に連れ回してるじゃん」

「バカヤロウ。オレはせいぜい、週に1~2回だろうよ」

正直それ、多いですよね。

雑誌で食べ物系のお店を見ても、だいたい行ったことあるようになってきましたから。

「ほらね? 人のこと言えないじゃん」

「おまえほど、亜月ちゃんを占有してねェよ」

「あーちゃんとテンゴさんが付き合ってようが、結婚してようが、あーちゃんとぼくには別の繫《つな》がりがあるの」

「なんだ、それ」

「忘れてない？　ぼく、座敷童子《ざしきわらし》なんだけど」

「けど、おまえ……それじゃあ、テンゴが」

「テンゴさんは毎日、外来でふたりっきりになってんじゃん。これ以上ふたりだけの高密度な空間が形成されたら、強い重力が発生してブラックホールになるから」

それはないとしても。

確かに外来以外でテンゴ先生とふたりきりって、一緒に住んでるわりには少ないかも。

あーでもタケル理事長に、次は神楽坂《かぐらざか》の女子にも美味しい料亭に誘われてんだよね。

風呂あがりの濡れ髪にビオレレを漂わせたイケメン弟も、撃ち合いゲー好きじゃなければ。

そうだ、テンゴ先生も一緒ならいいんじゃない？

いやいや、やっぱダメでしょそれは。

彼氏ができたのにいつまでも友だちとグループ行動したがる女とか、まじウザいって。

「そもそも、テンゴが亜月ちゃんをもっと……おい、テンゴ？」

「……ん？」

気づくと、テンゴ先生がお皿のカレーとご飯をひたすら混ぜていた。

あれだけカレーとご飯は混ぜずに分けて、キッチリ同じ量ずつ食べる人なのに。

「ヤベーな、おまえ……本気で寝てないな？」

「……I'm clean《アイム クリーン》」

「おいおい『おれはヤッてない』って、犯罪っぽい表現になってるぞ」

「なんなの、テンゴさん。寝てないの、寝られないの？」

たしかに「寝ていない」と「寝られない」では、微妙にニュアンスが変わってくる。

静寂の中を、みんなの視線がテンゴ先生に集まった。

「寝ているのだが……寝られていない」

なにを言い出すのやら、その意味を誰も理解できない。

でもテンゴ先生が、こんなにマジメな顔でテキトーなことを言うはずがない。

「先生。それ、どういう意味ですか？」

肩を落としてため息をつきながら、先生の視線はあたしに向けられた。

「毎晩、何度も、繰り返し……悪夢を見るんだ」

それを聞いて笑う人は、ここには居ない。

そして真顔になったタケル理事長は、緊急会議を開くと宣言した。

▽　▽　▽

肉じゃがをリカバーした和風カレーを食べ終わったあと。

なぜかみんな、あたしの部屋に集まっている。

ベッドにもたれたあたしの右隣には、いつものようにハルジくん。

左隣でぴったり肩をくっつけているのは、テンゴ先生。

タケル理事長はうしろのベッドで壁を作るように頬杖でごろ寝の状態。

しばらく忘れてたよ、このイケメン圧。

三方を取り囲まれてどっち向いていいか分からないので、正面のテレビを見るしかない。

「あの……なに、するんですか？」

リモコンを取ったのは、テンゴ先生。

なにやら部屋から円盤を持って来てたけど、ここでわざわざ映画でも観る気ですか。

「実は、これを確認して欲しいのだが」

パッと画面に映し出されたのは、薄暗い自室でカメラを設置しているテンゴ先生。

寄りすぎて顔が見切れているけど、高解像度なので肌がキレイすぎるのがわかる。

「……先生の自撮り動画？」

「まぁ、そんなところだ」

「テンゴさん、頭に何をかぶってんの？」

「おいおい。隠し芸の練習でも、見せられるんじゃねェだろうな」

実際に三方を囲まれている状態で響く、このサラウンド・イケメンボイス。

臨場感がありすぎてすごい圧の状況に、いろいろ耐えられるか不安に思っていると。

カメラから離れた画面のテンゴ先生は、めちゃくちゃ配線が繋がっている水泳帽のような、目の粗いメッシュをかぶっていた。

「なんですか、これ……」

頭の配線をベッドの横に置かれた見慣れない器械に繋ぐと、さらに先生は目の上や鼻の下、さらには胸やお腹にまで色んな器械を取り付け始めている。

その姿はもう、機械仕掛けのイケメン。

暗視モードに切り替わった画面の向こうで横たわっている先生をモニター越しに見ていると、なんだか隠し撮り映像か、モキュメンタリーのホラー映画のようだ。

「あまりにも眠れないので、終夜《しゅうや》睡眠ポリグラフィを記録したのだが」

なんのことやらサッパリだが、ハルジくんとタケル理事長は知っているようだ。

「へー、懐かしいね。まだ器械、残してたんだ」

「あの頃よォ。ビデオカメラがなくて、寝ずに手伝わされたよなァ……」

ビデオカメラがない頃っていつですか、ポリなんちゃらってなんですか。

どっちから聞こうかと悩んでいたら、画面が二分割された。

上はテンゴ先生の寝姿を暗視スコープで覗き見している状態で、下は何かの波形だらけ。

外来で時々見かける心電図とは、明らかにその数が違った。

「アヅキ、これは睡眠の『質』を記録するものだ。睡眠時の脳波と同時に、眼球運動、呼吸、胸郭、腹部の動き、寝返りなどの体動まで記録する。昔はビデオカメラがなかったので、アナログの脳波記録計が延々と吐き出す紙に『寝返り』『いびき』『寝言』『物音』など、記録時の状態を人力で細かく書き込んでいたのだが。朝までひとりで記録するのは大変で、2〜3時間交代でタケルとハルジによく手伝ってもらったものだ」

「そうなんですか……」

よくわからないけど、要は悪夢で寝られない状態を医学的に観察するということだろう。それぐらい、テンゴ先生は今の状況に困っているということだ。

「で？　ぼくらは、なにをジャッジすればいいの？」

ハルジくんがコーラの缶を開けて、ダルそうにもたれかかってくると。

張り合うようにテンゴ先生が、反対側からあたしの肩に手を回してきた。

なにこれ、ふたりに奪い合われてる感じなの？

シスコンの弟から彼女を引き離したい彼氏っぽい設定を、想像してもいいですかね。

「どうも最近、自分の五感が信じられないので……みんなに確認をしてもらえれば」

早送りの画面だけでも、テンゴ先生がしょっちゅう寝返りを打っているのがわかる。

先生の説明では、寝返りを打っている時の脳波は起きている時の脳波になるのだという。

つまり寝ているように見えても、脳は起きているということ。

挙げ句に時々うなされて、ガバッと体を起こすこともあった。

あたしは浅い経験から「枕返《まくらがえ》し」さんでも来ているのかと思っていたら――。

「ふぁあッ⁉」

「ちょ……テンゴ、さん？」

「なんだ、ありゃ……」

寝ているテンゴ先生の体から、ぬっと小さな黒い「手」が突き出てきた。

その手はなにかを探るように空を摑んだあと、すっとまた体に引っ込んだ。

「せ、先生⁉　なんですか、今のは！」

「タケさん。あれ、手だったね……」

「まぁ……手だよな」

それを聞いて、なぜかテンゴ先生は少しホッとしている。

「そうか。みんなにも、あれが見えていたか」

「いやいや、先生⁉　もの凄くハッキリ見えてたじゃないですか！」

「少し、自信が持てなくて」

先生、かなりヤラれてませんか？

あれは見間違いとか、映り込みとかのレベルじゃないですよ。

そのあとも何度か、小さな黒い手は出たり入ったりを繰り返し。

それに合わせてテンゴ先生は、寝返りを打ったり飛び起きたりしながら朝を迎えていた。

「先生……あれを毎晩、繰り返してるんですか」

「どうだろう。終夜睡眠ポリグラフィを記録したのは、これが1回目なので」

あれは寝られないでしょ、どう考えても寝てないでしょ。

そんなあたしの心配をよそに、ハルジくんはシレッとコーラを飲み干していた。

「で？　手はいいとして、テンゴさんの見てる悪夢ってなんなの」

いやいや、悪夢の内容よりも手の方がわりと大問題じゃない？

あの手、もがいてるようにも見えたけど。

「ん？　まぁ……それは、それとして」

先生も先生で、なんでそこはハッキリしないんですか。

あの手と悪夢の内容が、関係あるかもしれないじゃないですか。

あたしの方がモヤッていたら、先生がいきなり窓ぎわに駆け寄ってカーテンを開けた。

「どうした、テンゴ」

「タケル……いま、誰か窓の外に立っていなかったか？」

ちょ待っ——えぇっ⁉

カンベンしてくださいよ、ここあたしの部屋なんですけど！

先生、今夜は一緒に寝てもらっていいですか？

なんかいい感じの雰囲気になるなら、それはそれで逆にウェルカムですから。

「おまえ、なんか聞こえてないか？」

プシッと三ツ矢サイダーの缶を開けたタケル理事長が、さらに怖いことを言い出す。

なんなの、手の次は声なの⁉

このクリニック、なんちゃらの館《やかた》っぽくなった感じ⁉

「幻聴はない」

「いつもの耳鳴りは？」

「ない」

「じゃあ、幻覚だけか。で、どんな悪夢なんだ？」

「まぁ……それは、それとして」

ハルジくんに聞かれても、タケル理事長に聞かれても。

テンゴ先生はカーテンの裾を握って、窓の外を眺めたままモジモジするばかり。

むしろ、ちょっと照れているようにすら見える。

「テンゴさん、なに言ってんの？」

「……いや、まだなにも言っていないが」

「珍しいじゃねェか。ここまで、だんまりを決め込むなんてよ」

「まぁ、悪夢の内容が……内容だけに」

「ぼくらに相談する気、ある？」

「コラぁ、テンゴぉ。歯切れ悪ぃぞ」

珍しく、ふたりがイラッとしている。

その勢いに負けたのか、テンゴ先生はため息をついて小声でつぶやいた。


「……アヅキと、別れる夢だ」


「えぇっ⁉　あたしと⁉」

なにそれ、なんで毎晩あたしと別れる夢を見てるんですか⁉

それって深層心理では、あたしと別れたいってことですか⁉

「まぁ、内容は典型的なもので……過去の事実に色々な要素《ファクター》が加わって、最後は必ず……その、なぜか俺はアヅキと別れる展開になる」

それを聞いて首をかしげたのは、三ツ矢サイダーを飲み干したタケル理事長だった。

「確かに、そりゃあ悪夢だけどよ。それだけで、あんなに中途覚醒するか？」

「それもそうなのだが、もっとおかしなことに……脳波がほとんど覚醒時《アウエイク》だった」

「あれだけ寝返り打ったり、起きたりしてりゃな」

「いや、それ以外の脳波も」

「……夜中、ずっと脳は起きてるってことかァ？」

「ほぼ、そういう状態だった。眼球運動、呼吸、体動、どれをとっても『寝ている状態』のはずなのに、脳波上は起きていることになっていた。もちろん睡眠深度《すいみんしんど》の浅いものは散見するのだが、それをひと晩トータルしても2時間ぐらいだろう。その記録だけを見ると、まるで寝ようとすると強制的に起こされている印象すらある」

「……んなこと、医学的にあり得るのかよ」

「ほぼ、ない」

「じゃあ、おまえ……」

誰もが思い描いたのは、あの小さな黒い手だ。

あれはまるでテンゴ先生の体から出ようとして、また戻って行くようにも見えた。

「もちろん、脳波上に突発波などは認めなかった。ダメ元でベンゾジアゼピン系やバルビツール酸系も内服してみたが、一向に変わる様子はない。こんな状態が1週間以上続き、ずいぶん迷惑をかけてしまったようで……申し訳ない」

視線を落としたまま、テンゴ先生の言葉は途切れた。

むしろ浅い睡眠が2時間だけなのに、1週間も耐えられたことの方が異常だ。

でもテンゴ先生に打つ手がないのなら、あたしたちはどうすればいいのだろうか。

不意に背後のベッドでごろんと仰向けになったタケル理事長が、スマホを取り出した。

「あー、八田さん？　オレオレ。うん、それは渡したんだけどよ――」

この流れでいきなり八田さんに電話して、どうするつもりだろう。

まさかあの特殊部隊みたいな、ふたりの息子さんたちを呼ぶのかな。

「――明日はテンゴの出張、ムリだわ」

「おい、タケル。俺はそんなこと」

突然の発言に、みんながタケル理事長を振り返った。

でも理事長はフツーの顔をして、その視線をシッシッと手で追い払うだけ。

「あぁ。予約患者のリストを挙げて、あとでオレに送ってくれる？　明日は看護師の宇野《うの》女《め》さんとハルジを連れて、オレが行くわ」

「タケル！」

テンゴ先生が詰め寄る前に、タケル理事長は電話を切ってしまった。

「テンゴ。おまえ、明日は休みね」

「どういうつもりだ。ハルジはまだしも、タケルが行ったところで」

「オレ、理事長だぜ？　すいませんって頭下げるのも、仕事だから」

「タケル……」

最初は意味が分からなかったけど。

テンゴ先生を待っている患者さんたちに、タケル理事長が直々に謝るつもりなのだ。

「悪夢の内容とか、黒い手とか？　理由なんざァ、どうでもいいんだよ。ともかく、おまえは今ムリ。だから休ませる。別にフツーのことだろうよ」

「しかし……」

「忘れてないかァ？　オレ、このクリニックの理事長なんだけど。エラい人なんだけど」

それでもまだ、テンゴ先生は納得していないのだろう。

少しうつむいて、なにか言おうとしている。

「……それでも、宇野女さんとハルジだけでは」

「テンゴさん。明日の長野、ほとんどＤｏ《ドゥ》処方の患者さんでしょ？　近くに、お爺ちゃん内科先生が開業してんじゃん。あの人に頼めば、あとはぼくが生薬出せばＯＫなワケだし」

「いきなり大量の患者を、初診で紹介するのは非常識だ。それに万が一、あやかしだと素性がバレたら」

「ヨボヨボだし、大丈夫じゃない？」

「コメディカルの方たちは、それほどの歳ではないはずだ」

「じゃあ、お爺ちゃん先生に処方だけ出してもらうよ」

「それは、無診察になる」

経過の長い患者さんは、飲むお薬もだいたい決まってくる。

それをもらいに来た時、前回と同じ処方をすることを「Ｄｏ処方」という。

つまり処方内容に変更がなければ、実質的にテンゴ先生は不要ということだけど。

「あのさぁ。テンゴさん、そんな『細かいこと』言ってられる状態じゃないでしょ？」

厳密には「無診察治療等の禁止」事項に引っかかり、医師が自ら診察しないで処方箋だけを発行することは医師法で禁じられている。

町のクリニックで「いつものお薬だけください」と受付で申し出れば、診察室に呼ばれずに処方箋だけもらえることが今でもある――実はあれ、医師法違反なのだ。

心臓や血圧なんかを長く患《わずら》っている患者さんたちは、何種類かの薬を飲み続けている。体調に変わりがないのに待たされて、別に特別な診察も検査もないのだから、薬だけくれればそれでいい、と言う人もいる。

ただそれを何ヶ月も続けていると、気づけばお薬が体調に合わなくなっていたということもあるのだけど、実際は先月の今月で変わりがないことが多いのも事実。

だからタケル理事長は、それを確認できる看護師の宇野女さんを連れて行こうとしていたのだと思う。

「だが……それは、ダメだ」

マジメなテンゴ先生は、どうしてもそれが許せなかったらしいけど。

背後でタケル理事長の「イラッとメーター」が、ぐんぐん上昇していくのがわかる。

「うっせーな、わかったよ。利鎌《とがま》くんを連れて行きゃいいんだろ？」

「彼は産婦人科医だぞ？」

「外科あがりの、ちゃんとした医者だろうが」

「しかし、彼にも都合というものが」

「ダァァァ――ッ」

あたしのベッドでごろ寝していたタケル理事長が、ついにガバッと体を起こした。

その声にもビックリしたけど、こんな怒った顔になるのかと二度ビックリだ。

「日本中のあやかし医者を捜してでも、明日はオレがなんとかするから黙ってろ！　ともかく、おまえは休み！　あとおまえ『亜月欠乏症』な！」

「……タケル、それは亜鉛《あえん》欠乏症の間違いでは」

「ジョークもわからんくなってるヤツなんかと、口きいてやんね！」

最後はなんかすごく大人げない感じになって、タケル理事長は部屋を出て行った。

こんな状況であたしに言えることなんてないけど、亜月欠乏症ってなんですか？

「テンゴさん、おぼえてる？」

「なにを？」

やっぱり、あたしの左隣に戻って座り込んだテンゴ先生。

あの、ハルジくんと話をするならあたしを挟まなくてもよくないですか？

「カズちゃんが、うちの薬局に来てくれる前さ。ぼく、パンクしたじゃん」

「あぁ。あれはどう見ても、ひとりでは限界だっただろう」

「あの時、他のあやかし調剤薬局に連絡してくれてさ。患者さんを回していいか、お願いしてくれたじゃん。患者さんにも、遠いけどそっちに行くようお願いして」

「まぁ基本的に、処方箋はどの調剤薬局に出しても問題ないものなので」

そうか、ハルジくんにもそういう時期があったんだね。

昔っから、ゲームで遊んでばっかりかと思ってたよ。

「仕事が終わったあと、ゲーセンに付き合ってくれたりさ」

「だったかな」

えっ、テンゴ先生がハルジくんとゲーセン？

UFOキャッチャーですかね、なんか想像できないんですけど。

「生薬を採りに行くの手伝ってくれたり、ファミコンで野球対戦してくれたり」

「三好《みよし》さんもな」

えっ、やっぱ生薬の採取とファミコンは同レベルなの？

ていうか、初代のファミコンっていつの話？

「だから、今度はテンゴさんが休む番なの」

「しかし、あの時……ハルジは薬局を閉じたワケではないが」

「いいから、明日は休みなよ。なんかあったら、ぼくが必ず連絡するから」

「……そ、そうか」

ハルジくんはそれだけ言うと、今日はロボット撃ち合いゲーを起動せず立ち上がった。

こんなに素直に部屋へ戻るのは、何ヶ月ぶりだろう。

「明日はあーちゃんと、デートでもしてきたら？」

「エ……？」

「まぁ、明日が休みってことは？　今日の夜から休みってことだけど」

「……なにを言っているんだ？」

「テンゴさん。それ、マジで言ってんの？」

ヤレヤレとため息をついて、ハルジくんも部屋から出て行った。

テンゴ先生の部屋で映画を観ることは、しょっちゅうだけど。

実はあたしの部屋でふたりっきりになったことは、一度もない。

左肩に触れる体温は、決して外来では感じられないもので。

タケル理事長とハルジくんの圧から解放されたら、そんなことが急に頭を占め始める。

気にしないで済んでいたテンゴ先生のいい匂いが、わりとダイレクトに伝わって来るし。

だいたい、あたしたちが背もたれにしてるの——ベッドだよ？

あぁぁぁ、なにこれ意識するなって方がムリだって。

けどテンゴ先生は寝てないわけで、今夜は寝かさないよ的な負荷はかけたくないし。

いや待てよ、なにもせずに寝てるだけの状態を「マグロ」って言うんだっけ？

テンゴ先生がマグロになれば楽に——って、バカじゃなかろうか！

数えるぐらいしか経験ないのに、あたしにそんな高等技術があるかっての！

ダメだ、なんかしゃべってないと色々おかしな妄想が爆発するわ。

「あの……せ、先生？」

「ん？」

ほらね、全然そういう顔をしてないでしょ。

合コンの2次会が終わったあとのギラギラしたあの感じが全然ないんだよ、先生は。

むしろ、ギラギラしてるのはあたしの方だっての。

「あたしにも、なにかお手伝いできること……ないですかね」

「なぜ？」

「なぜって、そりゃあ……タケル理事長もハルジくんも、色々とお手伝いしてるワケで」

「居てくれるだけで、心が穏やかになるのだが」

そういうことを真顔で言うのはヤメてください、まばたきしてください。

居るだけでいいと言われても、嬉しいような悲しいような気持ちになってしまいます。

「なんか……あんまり先生の役に立ちませんね、あたし」

「そんなことがあるものか」

「いっ――」

近い近い、急に顔が近いです。

肩が触れ合う距離でこっち向いたら、そこで止まらずキスしていいんじゃないですか？

さっきは大胆にあたしの肩へ手を回してたのに、なんですかこの寸止めな距離は。

「アヅキは役立つとか使えるとか、そういう実利的な存在ではない」

「は、はぁ……」

「なんというか、たとえばだが……俺が座椅子のようになってアヅキを股の間に座らせて、こう……うしろからずっと抱きかかえていたいというか、触《さわ》り続けていたいというか、髪に顔をうずめていたいというか……そういう存在だ」

「えぇっ⁉」

なにその表現、わかりづらっ！

やっぱり今は休前日の恋人空間と判断して、よろしいですか⁉

「うまく言えなくて、すまないと思う」

これはもう、無意識じゃないかな。

テンゴ先生、なんだかんだ言っても天邪鬼だし。

思ってることがあっても、そのまま行動に移せないのかも。

先生を背もたれにしてあたしが抱っこ座りさせてもらえるなら、全然それでＯＫだし。

あたしだって、もうオトナ女子ですからね。

うしろから好きなだけ触ってもらっても、ぜんっっっっぜんＯＫだし？

あっ、下着は――大丈夫、だよね。

「けど電気とかは……消してもらって、いいですか？」

「映画でも観るのか？」

違うだろォ、ニイミテンゴぉっ！

それをナチュラルに言うのは、犯罪だわ！

「先生、それ――」

傾いた先生の顔がいきなり距離を詰めて、ふわっと唇を重ねてきた。

ばくんと一拍、心臓が血液を耳まで吐き出して止まる。

そのあとは顔から火が出て、心臓はフル回転でバクバクに。

短いキスだけで指の先が痺れて心臓が痛くなるのに、この先まともにできる気がしない。

あたし、耐えられるかな。

「ちょっと、急で申し訳ないのだが――」

「はい……」

「――明日、一緒に出かけてもらえるだろうか」

「……明日？　今夜ではなく？」

「まぁ、今からでもいいが」

「いや、そういう意味じゃなくて……も、もちろんＯＫですけど」

「そうか。よかった」

子どものように汚れのない笑顔を浮かべたテンゴ先生を見ていると。

なんだかもう、細かいことはどうでもよくなってくる。

いいですよ、テンゴ先生のペースで。

いろんな意味で、先生の好きにしていいです。

ただ、まぁ――。

ここまできて、笑顔で自分の部屋に戻って行くとは思いませんでしたけどもね。

▽　▽　▽

そろそろ日差しが、夏を全力でアピールするほど眩《まぶ》しくなった頃。

本来なら長野に出張する予定だったテンゴ先生と、江戸川町駅のバス停に並んでいる。

「ずいぶん、暑くなったな」

普通に手をかざして空を見あげるだけでイケてるテンゴ先生は、完全に夏バージョン。

相変わらず量販店の白いポロシャツだけど、ボトムは珍しくダボついたカーゴパンツ。

そして見たことのない、くるぶしまであるトレッキング・シューズを履いている。

なにより腰に巻いた、電気工事の工具ベルトみたいに吊された黒い装備が目をひいた。

「先生。ずっと気になってたんですけど、その腰に巻いた装備は何ですか？」

「あぁ、これか。出かけるのは久しぶりなので、八田さんの息子さんに借りたのだが」

「ですよね……なんか、見たことあると思いましたよ」

やはり、あの特殊部隊ブラザーズの装備だ。

腰回りに色んなサイズの黒いポーチを取り付けただけでは足りないのか、そこからもうひとつ黒いポーチが右脚に伸びて、太ももに巻きつけて固定されている。

あのふたりは拳銃をここに吊していたような気がするけど、さすがに先生は違うだろう。

「今日は暑くなりそうだから、まずは水分と――」

そう言ってテンゴ先生は、縦長のポーチからペットボトルを取り出した。

確かにその位置にあると、２秒で取り出せますよね。

でもそれ、自販機で買ってもよくないですか？

「熱中症対策には、塩分と糖分が必須だろうと――」

隣の小さめのポーチからは、塩タブレットとアメみたいなものが出てきた。

糖分は、どこかでスイーツでも食べませんか？

塩は、たこ焼きとか焼きそばじゃ足りませんかね。

「タオルは濡らして使えるように、何枚か――」

背中側に固定してあった大きめのポーチからは、タオルが３枚。

ご丁寧に、濡れタオルを入れられるようにビニール袋まである。

「携帯型の熱中症計――」

反対側の小さいポーチからは、暑さ指数を計るデジタル機器が。

「あとは救急《メディ》バッグとして――」

「先生、先生！　バス、来ましたから！」

「そ、そうか」

「そんなに準備しなくても。先生はドクターだし、ちっとも心配してないんですけど」

「俺も、これは過剰ではないかと思ったのだが……八田さんがさらに多くの医薬品と物品を持って遠巻きについて来ると言うので、断るのに苦労して」

「それ、八田さんが熱中症になりますね」

「リュックではどうだろうかと言ったら、アヅキが転んで捻挫した時に背負えないと」

「もー、八田さーん……」

なんで転ぶ前提なのよ、あたしは足元のおぼつかない幼児ですか。

その最悪の事態を想定したお気遣いは、ありがたいんですけどね。

Ｓｕｉｃａをタッチしてバスに乗り込みながら、嬉しいやら悲しいやら。

「それに……俺は、ふたりきりがいいと思ったので」

隣に並んで座った先生に、窓から眩しい日差しが当たる。

千葉で青いお花畑を見た時も、厳密にはふたりきりではなかった。

1年以上いっしょに住んでいて、ふたりで出かけるのは意外にこれが初めてという。

「ですよね。今日は、すごくデートっぽいですもんね」

なぜかテンゴ先生が、あたしを見たままフリーズしていた。

えっ、なんかマズいこと言いました？

「ぽい……デートの様相を呈しているが、実際には異なるということだろうか」

「違う違う、そうじゃなくて。らしい……デートらしいって意味です」

「らしい……やはりデートのようだが、推測の域を出ないということか」

「いやいや、デートです！　これは、誰がどう見てもデートです！」

「そ、そうか。それはよかった」

どうしたんですか先生、あそこに座ってるおばちゃんたちも苦笑してますよ。

あ、それはあたしの声が響いたからですね。

「でも先生。今日は、なんで臨海公園《りんかいこうえん》に？」

正式名称は葛西《かさい》臨海公園と、葛西海浜《かいひん》公園。

京葉線の駅もあるけど、江戸川町からは普通に都営バスが出ている。

15分も乗れば着いてしまうので、この界隈では遠足や校外学習で子供たちにも有名。

ちょっと前は、水族園《すいぞくえん》から逃げ出したペンギンでも有名になった。

臨海公園を東京湾から見れば大きな観覧車が目立ち、その敷地はかなり広い。

海浜公園にはバーベキューのスペースがあったり、潮干狩りもできたりするけど。

正直、そのすぐ近くにある「ランド・オブ・ザ・マウス」にしなかった理由を知りたい。

「やはりアヅキは、ネズミの耳を付けたかったのか」

「いや、そういうワケじゃないんですけど」

「……それも、可愛いだろうな」

「え……？」

「明日まで待ってもらえれば、俺が作ろう」

「いいです、興味ないです！　その前に先生、寝てください！」

なんとなく残念そうに、テンゴ先生は窓の景色に視線を逸らしてしまった。

日常生活に支障が出ている院長に、ネズミの耳を作らせるわけにはいきません。

けどそういえば、先生の悪夢。

必ず最後にあたしと別れるって言ってたけど、それってどんな流れなんだろう。

「臨海公園は、俺にとって懐かしい――」

「あ、先生。着きますよ？」

11ヶ所の停留所のほとんどをスルーしたバスにとっては、あっという間の距離だ。

「――まぁ、それは回りながらでも」

終点の葛西臨海公園駅前でバスを降りると、すぐに噴水広場があり。

そこからびっくりするぐらい、まっすぐで広い並木の歩道が延びていた。

「広《ひろ》っ！」

「どの施設までも、ここからわりと歩くのだが……大丈夫か？」

「大丈夫です。そのために今日は、デニムで来ましたから」

白の襟シャツをinするかどうかは悩んだけど、スニーカーは迷わなかった。

右手に見える観覧車まで、かなり距離があるのがわかる。

水族園なんて、どこにあるか分からないレベルだ。

「あれっ？　ここ、橋なんですか!?」

「下は一般道からの引き込み線だ」

「ヤバいですね、この歩道。片側2車線ぐらいありますよ」

なんで人間って、広い場所に来るとウキウキしちゃうのかな。

子どもがワケもなく走り回ってるの、わかる気がする。

「どこか希望があれば、そこから回るが」

「えっ？　あ、すいません。ちょっと浮かれて、考えてなかったです」

「そうか。俺だけではないのか」

「なにがですか？」

「浮かれているのが俺だけではなくて、よかった」

「は、はぁ……」

いつも通りにしか見えませんでしたけど、先生も浮かれてたんですか？

ちょっと耳が赤くなってるのは、もしかして照れてるからですか？

あたしこそ、先生と一緒ならどこでも楽しいんですよ。

だからまぁ、わざわざふたりで外出する理由がなかったんですけど。

とか言いつつ、ふたりきりにはなりたいという贅沢な悩みでした。

だったら、あたしから誘えって話ですよね。

「アヅキ。惜しいので、写真を撮ってもいいだろうか」

「惜しい？　ぜんぜんＯＫですけど……あたし、ひとりで写るんじゃないですよね」

「……できれば、一緒がいい」

「でもここ、まだ駅前の広場ですよ？」

「時系列で、確かにアヅキと一緒に存在したという証《あかし》には必要なものだ」

あたしは、どこまで脆弱《ぜいじゃく》な存在なんですか。

あー、毎晩の悪夢で「別れるエンド」を見てるからかな。

そんなの、少しも心配しなくていいのに。

キチンと京葉線の葛西臨海公園駅が入るように構えた先生は、あたしを軽く抱き寄せて。

——って、連写⁉

「ちょ、先生⁉」

長い長い、恥ずい恥ずい！

待って止めて、スマホの容量なくなるから！

「いい笑顔と、驚いた顔も撮れたな」

「普通はビックリしますって！」

「連写はしないものなのか」

「赤ちゃんとか、猫とかを撮る時ぐらいじゃないですかね。で、どれを残すんですか？」

「どれ、とは？」

「びっくりした時、おもいっきり顔が歪んだ気がするんですよ」

「ぜんぶ残すが？」

「ハァ？　ブレて残像になってるヤツとか、どうすんの⁉」

腰に付けた専用のポーチにスマホを戻し、テンゴ先生がじっとこちらを見ている。

あっ、今めっちゃタメ口《ぐち》だった。

ヤバいな、舞い上がってるのは完全にあたしの方だよ。

「俺はいつも、ハルジがうらやましかった」

縦長のポーチから早速ポカリスエットを取り出して、テンゴ先生がひとくち。

それを当たり前のように、あたしに差し出した。

好き、こういうの大好き。

もう口を付けても、気にしないですもんね。

実はあたし、それがカレカノのスタートじゃないかと思ってるんですよ。

ええ、それはもう中学生レベルの発想ですけどね。

「冷《つめ》たっ！　凍らせてたんですか⁉」

「いや。ユキエさんにもらった、保冷剤で包んでいるので」

「あぁ、雪女《ゆきおんな》の」

アメも差し出されたけど、さすがにそれはまだいいです。

いいです、塩もまだいいです。

すいません、話の腰を折ってしまって。

「アヅキは誰に対しても――もちろん、俺に対しても基本的には『ですます口調』だ」

「そりゃあ、みんな年上ですし」

「だが、ハルジとだけは普通に話をしている」

「そうですか？　みんなと同じだと思いますけど」

「遊んでくれている時は違う」

「あー、それは確かに……っていうか、あたしが遊ばれてる感がありますね」

「座敷童子だけに弟的な接し方をしてくれているのかと思っていたが、よく考えればハルジもアヅキよりかなり年上だ」

あやかしの始祖《オリジン》は、遥か千年レベルで年上が当たり前だから。

ハーフやクォーターのタケル理事長やハルジくんの年齢でも、怖くて考えたくもない。

もちろん、テンゴ先生の年齢もだ。

「……考えたことなかったです。ただハルジくん、あの見た目であのキャラなので」

「ハルジは特別、ということだろうか」

「いや、そうじゃないんですけど……まぁ、ある意味では特別というか特殊というか」

「俺も特別がいい」

そんな真顔で言われても、スタートが院長と医療事務だったわけですし。

彼女にランクアップしたのも、そんなに前じゃないですし。

「あたし、切り替えがヘタなのか……1階が職場とキッチンで、2階が部屋で、先生の部屋も1階じゃないですか。うまく言えないですけど、生活空間に職場がそのままあるっていう感じで……外来が終わっても、急にタメ口になれる自信がないっていうか」

「まぁ、あの住環境《じゅうかんきょう》自体が少し特別ではあるが」

「とりあえず『テンちゃん』って、呼べばいいですか？」

「エッ!?」

ボンッと音を立てて先生の顔が真っ赤になり、視線を逸らしてメガネを直している。

しまった、今は名前の呼び方の話じゃなかったですよね!?

なにそれ「テンちゃん」って、なんで急に先生を「ちゃん」付けで呼んだの！

テンゴ先生、ちょっと背中を丸めて固まってるじゃないの！

「す、すいません！　今のはナシで！　忘れてください！」

「エ？　いや、うん……悪くないのだが、なんというか……申し訳ないが、ちょっとそれは……今はいろいろと、体が耐えられそうにないので」

ごめんなさい、すっごい負荷をかけちゃったみたいで。

なんか、めちゃくちゃ目が泳いでるし。

でもなんか、そういう極度に照れた先生も見られてラッキーでした。

違う違う、そうじゃなくて。

「あーっと……じゃあ先生、こういうのはどうですかね」

「アヅキがどうしてもと言うのなら……それでもいいのだが」

「……まだ、なにも言ってないですけど」

「ん？　あ、次？　そうか、すまない」

ホントごめんなさい、そんなに脳が焼けるほどのダメージを与えるとは思わなくて。

名前呼びは、なんかいいヤツを考えておきますから。

「外来を離れて、ふたりきりの時——たとえば今日みたいな感じの時は、できるだけあたしのフツーっていうか、無礼なタメロにさせてもらうのはどうです？」

「では、今日も難しいか」

「いやいや。どう見ても今日は、ふたりきりじゃないですか？」

不意にテンゴ先生が、並木の上を指さした。

別に、ドローンも監視カメラも見当たらないけど。

「あの木に留まっているカラス。たぶん、八田さんの『目』になっていると思う」

「……さすがに、帰ってもらえませんかね」

八田さんの心配性にも困ったものだけど。

まだ臨海公園に入ってもいないという事実も、なかなか困ったものだった。

▽　▽　▽

駅前からまっすぐ続く広い歩道を進んで、左に折れて。

モリモリ歩いて行くと、ようやく水族園のチケット売り場が見えた。

そこを過ぎてもまだ水族園は見えてこず、記念撮影にピッタリの涼しげに水が流れる長くて巨大な壁とお土産屋さん、それから自由に使えるテーブルとイスの群れがあった。

そこを越えてさらに進んで行くと、ようやく不思議なガラス張りのドームに辿《たど》り着く。

手前では謎の広大な水源が水をサラサラと流しているが、その目的はわからない。

ガラスドームに入ると、今度は地下ダンジョンへ降りていくようなエスカレーター。

不思議な高揚感に戸惑っていると、着いた先にはいきなり巨大な水槽が待っていた。

「あれ？　新見《にいみ》先生？」

「ご無沙汰してます、海原《うなばら》さん」

園内にいた女性職員さんから声をかけられた、テンゴ先生だけど。

やっぱり気になるのは、当然あたしのようだった。

「お久しぶりですけど、そちらは……」

「うちのアヅキを、ここへ連れて来たことがなかったもので」

「……うちの？」

「エ？　あ、いや……まぁ、うちのというより……なんというか、俺の？」

先生、うちので良かったんじゃないですか？

言い直したら先生の所有欲が全面に出て——それもいいですね。

今日から俺のアヅキとか、マイハニーで通してください。

「あっ！　もしかして、噂の毘沙門天《びしゃもんてん》様ですか⁉」

「はじめまして、七木田亜月です」

「いやぁ、去年の告白ライブに行きそびれちゃって。そうですかぁ、あなた様が噂の」

待って待って、みなさんの間ではあれを「告白ライブ」って呼んでるんですか？

間違ってはいない気がしますけど、語感が超恥ずかしいです。

「それって……どんな噂なんですかね」

「あれですよね。因縁と言われていた毘沙門天様を新見先生がステージ上でアツく抱きしめて、懐妊させたっていう」

してないしてない、抱擁も懐妊もしてません！

ていうかそれだと、アイツが妊娠してますよね⁉

もちろん、あたしもしてませんけどね！

ほら、先生も否定してくださいよ！

「まぁ……半分ぐらいは、そんな感じだ」

「違うでしょ⁉」

あ、またタメ口になっちゃった。

けど先生、ここでちょっと嬉しそうにするのはどうかと思いますよ。

「じゃあ、海原さん。すまないが、今はちょっとアレなので」

「ですよね、すいませんでした。デートの途中で引き止めちゃって」

「そう。今日はデートだから」

軽く会釈をしたテンゴ先生が、幸福感に満ちたアルカイック・スマイルになっている。

その穏やかなご尊顔、うしろのアイツにも教えてやってください。

「どなたなんですか？」

「臨海公園と海浜公園を開設する時に海系のあやかしたちとの調整役をしてくれた『葛西臨海あやかし調整会』のひとりで、海人《かいじん》のクォーターの海原さんだ」

「モメたんですか？」

「１９７０年代の葛西沖開発事業から都との因縁は消えはしないが、なんとか時代というものを理解してもらったとは思う」

「先生、いろんな事に関与してますね」

えっ、なんか悪いこと言いました？

アルカイック・スマイルだったご尊顔が、曇ってますけど。

「さっきの感じが、俺はいい」

「えっ？　あ、話し方のことですか？」

そんな、急に言われても難しいですよ。

なんとなく、いきなり距離感を間違えてる痛い女子みたいな気もするし。

「まぁ、追々でいいのだが」

「追々でお願いします」

「……オイオイ」

待って先生、それ小声で言いましたけど——まさかジョークですか⁉

どう突っ込んでいいか分からないですけど、ちゃんと受け止めましたからね！

意外な先生の反応に戸惑いながら、見学に来ていた沢山のチビッコたちに混ざって。

想像を遥かに超えた広さの水族園を、ぼんやり見て回った。

「こんな水槽が中にあるなんて、外からだと気づきませんね」

「わりと珍しい構造をしていると思う」

軽く2階をブチ抜いた巨大水槽もあるし、波まで再現した磯のスペースもある。

引率されたチビッコたちは触れあい広場で大興奮しているし、屋外のペンギン・スペースは上から見えるのはもちろん、水中の様子も見えるようになっている。

「ちょっと予想外に広すぎて、1日で見て回れない感じなんですけど」

「ここの最後は『まぐろカツカレー』が有名なレストランだが」

「え？ いや、まだお昼はいいかな」

「30周年記念らしいが」

「先生、食べたいです？」

「いや、特には……」

だって今日はあたし、ちょっと準備してきちゃってますからね。

水族園を出たら元に戻る感じで、反対の西側にある「ダイヤと花の大観覧車」を目指してゆっくりと歩いた。

ちょっと広すぎてパスさせていただいた鳥類園《ちょうるいえん》は、先生とまた来ればいいという次回予告にさせてもらった。

先生の言っていた通り、全施設を回ったらかなりの距離になるのは間違いない。けどそれもまたいいもので、何気ない会話がずっと続けられるのだ。

会話に困るとか途切れるとかよく聞くけど、そんなことあり得るかな。

あたしなんて見た物や聞こえた物が、いちいち気になって。

ここは初めて来る場所だから「もうそれ知ってる、何回目？」なんてないはずだし。すれ違う人たちやカップルを見るだけでも、いろいろ考えることがありすぎる。

観覧車に「ダイヤと花の」と付けた理由とか、フツーは気にならないのかな。

そういうのを全部テンゴ先生と共有したいと思うんだけど、ウザいかな。

「観覧車、乗れそうか？」

「高い所は、わりと好きですね」

「いや、乗り込む時が心配というか」

「いやいや。いくらあたしがどんくさくても、これぐらいのスピードに引っかかって転ぶことはないと思いますね」

「しかし、ゴンドラの中は狭いが」

「大丈夫ですけど……先生、苦手でしたっけ？」

「いや。とてもいい空間だと思う」

確かにゴンドラへ乗る時、ちょっと転びそうになったのは悔しい。

そうやってなんとか乗り込んだ、観覧車のゴンドラの中で。

ポジショニングがあまりにもスムーズすぎて突っ込むタイミングを失ったのだけど、なぜかテンゴ先生は向かい合わせではなく隣に並んで座っていた。

「あの……先生？」

「ん？」

いつの間にか腰に手を回されて、硬いシートの座り心地も良くなり。

ゴンドラが高くなっていくにつれて、海沿いの景色はどんどん広がっていった。

それを見ながら「葛西沖開発事業」について説明を受けていると、プライベート・ヘリに乗せられて「あの街をすべておまえにやろう」と言われている錯覚に陥った。

うん、あたしバカだね。

けど、これは仕方ないんじゃないかな。

ゴンドラの中が、先生のいい匂いに包まれたまま。

世界から隔絶された狭い密室で、肩寄せ合って腰に手を回されたまま空へと昇っていく。

これで下界を見おろすお姫様気分にならない方が、おかしいというものだ。

まぁそんなステキ気分も、だいたい17分ぐらいで終わってしまうのだけど。

ちょうどいいタイミングで、時計がナイスな時間を指していた。

「先生。お昼にしませんか？」

「そうか。まぐろカツカレーに戻るか？」

それ、どんだけ食べたかったんですか。

水族園のマグロが感染症で全滅したらしいですけど、それとなんか関係あります？

「あたし、お弁当作ってきたんです！」

ダイレクトが一番、やったことは全面的にアピールしたい。

だいぶ前に「匂わせ女子」とか流行ってたけど、あたしは匂わせたりしません。

できれば何度でも「この人あたしと付き合ってるんです！」と叫びたいタイプです。

まぁ、それはそれでウザいですけど。

「……作った？」

「ぜんっっっぜん先生の味に勝てる気はしないんですけど、全力で作ってみました！」

「それは、なにかのついでに作ったのだろうか」

「え？　他にお弁当を作る用事は、別にないですけど……」

「つまり、今日のために作ったと」

「今日っていうか、先生に食べてもらうためというか」

「俺のため……」

待ってください、なんで顔を背けるんですか。

なんかちょっと肩がプルプル震えてませんか、熱中症ですか？

「どこで食べます？　暑いですから、日陰にでも」

「ならば、海岸がいいと思う。正式名称は葛西海浜公園」

「暑くないですか？」

「パラソルを持って来ているので」

その腰回りに並んだポーチ、隙間女《すきまおんな》さん製でしたか。

なんか、扇風機とかも出て来そうで怖いですけど。

「もしかして……ビニールシートなんかも入ってます？」

「2枚ある」

やがて広い歩道は行き止まりになることなく、今度は海にかかる本当の橋になり。

臨海公園の沖には巨大な人工干潟がふたつあり、その西側は一般開放されていた。

夏には潮干狩りや水遊びができるだけでなく、広大なバーベキュー場まであるらしい。

逆に言えば管理棟とトイレがあるぐらいで、他はなにもない更地というか自由空間。

どこからともなく漂ってくるバーベキューの匂いと、テキトーに張られたテントの群れ。

そして時折、わりと上空すれすれで着陸していくジャンボジェット機。

階段状になった海浜公園の最前面にパラソルを立てて座ると、干潟の砂地で遊ぶ子どもたちを眺めながら、網バッグから取り出したお弁当をテンゴ先生に差し出した。

「これです！」

「あ、開けても……？」

「どうぞ、どうぞ！」

すいませんけど、もっと軽く受け止めてもらえないでしょうか。

お重とかじゃないですし、大した物を作って来なかったことを後悔しそうなので。

「……では」

爆発物処理班もびっくりするぐらい慎重に取り扱われる、使い捨てのお弁当箱。

隙間からちょっとだけ覗いたりしなくても大丈夫ですから、早く開けてくださいって。

「めんどくさくならないように、ワンハンド・フードっぽくしてみました」

そう言えば響きはいいけど、あたしなりに考え抜いた結論がこれだ。

とりあえず合いそうな物をパンで巻いただけの、小さめサンドイッチ。

キッチンでホットサンドの器械を見つけていたのだけど、縁が閉じないし具が溢《あふ》れるしで諦めたのはナイショだ。

ツナ缶はもの凄く便利で、マヨネーズを混ぜるだけでそれっぽい味になった。

ウィンナーもレタスで巻いただけなのに、わりと良さげに見えるから不思議だ。

それから、買って来たトルティーヤが超便利で。

野菜は刻んで巻けばOKだし、ゆで卵なんかも半切りでそのまま巻けるし、味付けなんてマヨネーズにチョロッとコショウとか混ぜておけばなんとかなった。

あとは彩り用にミニトマトとブロッコリーを添えて完成した、このイージーすぎるランチボックス。

意外に強敵だったのはブロッコリーの茹で具合で、1回ぜんぶ砕けて溶けてしまった。

要は取りあえず巻いて、あとは小さければ、なんでも可愛げに見えるということだ。

「これは、なんというか……」

「嫌いな物、入ってます？」

「いや、ない。それは断じてない」

そんなに強く否定しなくてもわかりましたから、早くひとくち食べてもらえませんか。

だんだん、あたしも緊張してきたので。

いやいや、また連写ですか!?

それ動かないですし、あたしが写ってないですし、連写する意味あります!?

「では、いただきます」

穴が開くほどお弁当箱の中身を見たあと、ようやく先生はサンドイッチをつまんだ。

「どう、ですかね」

「あぁ……」

待って、なんでノーコメントなんですか。

なんで水平線の彼方を眺めたまま、黙々と嚙《か》みしめるだけなんですか。

「やっぱ、先生の味には——って、先生⁉」

「ん？」

先生の頰に、なぜか一筋の涙が流れていた。

「ちょ、泣くほどアレな味でした⁉」

「……泣くとは？」

目元をぬぐって、はじめて先生は自分が涙を流していることに気づいたらしい。

濡れた手を見ながら、自分でも不思議そうに首をかしげている。

知らない間に泣いてるとか、お爺ちゃんなみに涙腺が弛《ゆる》んでないですか？

「虫歯が痛むとか？」

「こっちも食べていいだろうか」

「ぜんぶ食べてもらっても、いいんですけど……あの、泣いてましたよね」

話を聞いているのか、いないのか。

まぁそれは、目にゴミが入ったとかでもいいんですけど。

できれば味のコメントを、いただけないでしょうか。

「すまない。アヅキの分まで食べてしまうところだった」

あたしが食べる分だけ残して、先生はあっという間に食べ終わってしまった。

この食べ具合――美味しかったのやら、不味《まず》くて飲み込んだのやら。

あたしもひとつ食べてみたけど、練習の時と同じ味なんだよなぁ。

「どうでした？　お弁当」

「簡単には満たされないのだなと思った」

「……足りなかった、ってことですかね」

「いや。必要十分に足りたはずなのだが、そのあとからすぐに空腹感が広がっていく」

「えーっと……それは、どういう意味で？」

「今日は手順を踏むはずだった――」

なんでここで、しょんぼり肩を落とすんですか。

それ、どう捉えればいいんですか。

「――アヅキは手順を大切にするのだと知り、デートもしないうちからキスしてしまったことを反省していた。だから今日は、後手に回ってしまったその手順を追うつもりで」

「……はい？」

またこれ、斜め45度ぐらいズレた答えが返ってきたよ。

お弁当の感想だけで、あたしは十分満足なんですけど。

「あれはもう、セクハラで訴えられても仕方ないレベルだと思う」

「いやいや。それは全然ないと思いません？」

「では、未遂？」

「うーん？　そのあとも、何回かしませんでしたっけ」

「そう……一度許されたからいいだろうという甘えた考えが、現状ではキスという行為を軽《かろ》んじてしまっている。このままでは歯止めの利かない状況になってしまい、ずっと膝の上に乗せていたい、抱き枕にしたいなど、非人道的な発想が頭から消えなくなってしまうのは火を見るより明らかだ」

サラッと恥ずかしいことを言いましたね⁉

むしろ許されるなら、あたしから先生に乗りますよ⁉

「あぅ……っと、そこまで重く考えなくても」

「しかし後ろ姿を見ているだけで抱きしめたくなるのは、もはや性犯罪者の発想では？」

「いっ⁉　や、まぁ……別に、知らない人じゃないワケで……」

「欧米ではないが？」

「……カレカノなら、だいたいＯＫかと」

うわぁ、言ってる自分が恥ずかしくてたまらない。

なにこの響き、いつでも電気を消して服も脱げますって意味になってないかな。

「この弁当も同じだ。いくら食べても足りない気がしてならない。ともすれば今夜にでも、また食べたいと思ってしまう自分が恐ろしくて仕方ない」

「あっと、ストップ。それってこのお弁当、気に入ってもらえたってことですよね？」

「俺はこの先、ずっとこれだけを食べ続けていたい」

「あ、ありがとうございます……」

「いや、こちらこそ」

なんか、昭和のプロポーズみたいな感じになってませんか。

嬉しいですけど、それはそれで先生が不健康になります。

あとあたし的には、他の料理が作れないままってのも問題だと思います。

「けど、先生。あたしも最近、よく思いますよ」

「俺を膝に乗せたいと？」

アリっちゃアリですけど、できれば乗せてもらいたい方ですね。

なに考えてんだ、あたしは。

「じゃなくて。あたしで……いいのかなぁ、って」

「いいとは？」

「だから、その……他にも美人さんとかステキな人って、沢山いるじゃないですか」

「そうだな」

うっ——ダイレクトな返事、キタ。

ですよね、きっと今まで先生はめちゃくちゃ言い寄られたと思うんですよ。

「だから……なんで先生は、あたしを選んだのかなって」

「選んでないが？」

「えぇっ⁉」

ちょ、それは想定してなかった答えです！

待って待って、こんなに長い間あたしだけ浮かれてた感じなんですか⁉

ヤだ、あたしの方が泣きそうなんですけど！

「誰かと比較して、優劣をつけてアヅキを選んだわけではない——」

不意にテンゴ先生のキレイな指が、あたしの髪を絡めて流した。

間近でこの瞳に見つめられると、身動きできなくなってしまう。

「——アヅキの代わりなど、どこにもいない」

「先生……」

「俺がアヅキと一緒に時を過ごしたいと思う理由を知りたいのなら、ちょっと考えてみるので時間をくれないか」

「すいません、先生……あたしがバカでした」

「いや……エ？　怒っているわけではないのだが」

あたしで良ければ理由なんていらないですから、そんなにオロオロしないでください。

ずっと、先生が飽きるまでそばに居ますから。

「あたしも……先生の代わりは、誰にもできないと思ってます」

「そうか、おそろいの気持ちで良かった。相手の考えていることがわからないという当たり前のことは、なかなか大変な――」

ゆっくり微笑《ほほえ》んでいた先生が、不意に表情を消して立ち上がった。

勢い、日差しと人目から守ってくれていたパラソルが吹っ飛ぶ。

その視線は干潟の彼方を見つめたまま、あたしを何かから守るように一歩前に出た。

「……先生？」

「アヅキにも、あれが見えているのか？」

「どれです？」

指さした先の砂地では、たくさんの子どもたちが楽しそうに遊んでいるだけ。

これといって、なにか危険そうな物は見当たらない。

「また、あの黒い人影だ」

「またって……昨日『窓の外に』って、言ってたヤツですか？」

「あれが出て来ると、必ず別れることになる」

「別れる？」

「俺が……その、アヅキと……」

きっと悪夢でも、同じような状況になるのだろう。

珍しく怯えるようなテンゴ先生を見て、思わず立ち上がって手を握りしめた。

「先生、大丈夫です。あたし、ちゃんといます。別れないですし、消えないですから」

「……すまない、取り乱してしまって」

あたしのテンゴ先生をここまで怯えさせるなんて、いい度胸してるじゃないの。

誰だか知らないけど、覚悟はできてるんでしょうね。

うしろのアイツを引きずり出してでも、決着を付けようじゃないの。

素早く、静かに、徹底的にね――。

【第2章】 リベレーション・ダイヴ

テンゴ先生が朦朧《もうろう》状態になって、もう3日が過ぎようとしていた。

朝起きてもボンヤリしたまま受け答えが成立せず、視線すら合わなくなってしまった。

箸を持ってコーヒーを飲むぐらいは、まだ可愛い方で。

たまたま洗面所で見かけた時には、歯ブラシに洗顔フォームをつけていた。

どれだけタフな人間でも、極度の睡眠不足には正しい判断力を完全に奪われてしまう。

返事がすべて「あぁ」と「そうだな」になるのでは、外来診療なんてできるはずがない。

「亜月ちゃん、テンゴは？」

いつもはどこで何をやっているか分からないタケル理事長も、ずっと家にいてくれる。

もちろん、あやかしクリニックの入口には「臨時休診」の札を掛けてくれていた。

「さっき、ようやく部屋に戻って休んでもらいました」

「朝からずっとキッチンにいたのか？　白衣のまま？」

「休みですって言っても、通じなくて」

「ヤベーな、完全に向こう側の住人じゃん――アッ！」

コーヒーを淹《い》れようとしてフィルターから溢れさせてしまった、タケル理事長。

それぐらいはあたしがやりますから、テンゴ先生をなんとかする方法を考えてください。

「このままだと、先生……どうなっちゃうんですか」

全自動でコーヒーを淹れ直して渡すと、ひとくち飲んで渋い顔をしている。

コーヒーが渋いのやら、テンゴ先生をどうしていいか分からないのやら。

「テンゴのアレよー。オレ、ヤられたことあるかも」

「アレ？　ヤられるって？」

「思い出したんだけどさァ。オレって『呪われた』ことあんだよネ」

「ハァ!?　なにやっちゃったんですか――」

まぁ長く生きてるワケだから、だいたいのことは経験してるとは思っていたけど。

まさか、呪われたことまであるとは。

「――っていうか、テンゴ先生って呪われてるんですか!?」

「よく似てんのよ。オレも最後は悪夢にうなされて、寝れなくなったし」

「えっ、待ってください。『最後は』って、『最初は』どうだったんですか？」

全自動で淹れ終わったカフェラテを持って、妖しげな理事長の話に思わず食いついた。

「昔、地方に行った時によー。現地で案内してくれた美人さんが、気立てのいい人でさ」

「気立て」

「今風に言うとイケてる？　いい感じの？　名前は……忘れちまったけど」

いい感じの人に呪われたっていうのに、軽く名前を忘れたんですか。

そもそも地方へ何をしに行ってたのか気になるんですけど、まぁそれはそれとして。

「で。どうしたんですか、その気立てのいい美人さんを」

「だから、別になにもしてねェって。ただフツーに『オレなら放っておかないけど』とか、『住んでる距離を心の距離にしたくないよね』とか？　そういう他愛のない会話を交わしてただけ。そんなの、社交辞令だろ？」

「……その人、何歳ぐらいだったんですか」

「エー？　うーん、アラサーぐらいじゃね？」

「ご結婚は？」

「それ、関係あんの？」

「めちゃくちゃありますね」

「してなかった……気がする、かなァ」

「あぁ……」

その年齢層にその手の話は、完全にアウトですよ。

そういうのを無自覚にバラまいてたら、命がいくつあっても足りませんよ？

「なにをどう受け取ったのか、いまだにわかんねーんだけどさ。急にホテルの部屋まで訪ねて来るようになったりしてよ」

「ヤッちゃったんですか」

「ちょっと、女子ィ。ダイレクトな表現は避けてくんない？」

「どうなんですか」

「3日ぐらいしかいなかったのに、ヤッてねぇって。なにこの尋問、取り調べなの？」

「で、呪われたと」

「こっちへ帰る時によ、なぜか自分も連れて行けって激怒してさ。そんなんできねぇって言ったら、まぁ火を吐くし川を渡って来るしで、すげー追いかけられてなァ」

「いやいや。いま別に飲み会じゃないので、話を盛る必要ないですから」

「盛ってねェよ。その人、清姫《きよひめ》のクォーターだったの」

「……誰ですか、それ」

「呪い系女子の日本代表。もともと清姫の始祖《オリジン》って白蛇《はくじゃ》とのハーフだし、まぁ早く気づけって話。なんとか振り切ったけど、しばらく悪夢にうなされ続けてオレ痩せたもの」

「火を吐かれたり、追いかけ回されたり、そういうのはテンゴ先生にはないですけど」

「清姫みたいな歴史じゃないあやかし、って考えられね？」

「どういう意味です？」

そんな思わせぶりなことを言った理事長のスマホが、ノリのいい着信音を鳴らした。

それって昔、トキメキを運ぶトレイン系で流行ったダンスミュージックですよね。

「あ、着いた？　いま開けるわ」

「誰です？」

「オレの予想が当たってたか、答え合わせすんの。外来、開けてくれね？」

ほれほれ、と両手で肩を押されながらクリニックに出て。

降ろしたクリニックのシャッターを開けると、そこには男女ふたりが立っていた。

「あれ？　司くんじゃない」

「どうも」

「……と？」

「いつも司と葵がお世話になってます」

マッシュウルフの似合う男子高校生の隣にいるのは、どうやらお母さんのようで。

ベリーショートにビジネス・スーツが似合う、バリバリのキャリア系だった。

「入りなよ。診察室で悪いけど」

いつもはテンゴ先生が座っている電子カルテの前に、タケル理事長が陣取り。

ふたりは患者さんポジに座り、それを理事長の後ろから見せてもらう感じになった。

でもなぜ司くんとお母さんを呼べば「答え合わせ」になるのか、サッパリわからない。

コーヒーでも準備しようかと思っていると、いきなりお母さんが深々と頭を下げた。

「うちの葵が、新見先生に大変な御迷惑をおかけしてしまったようで……本当に、なんとお詫びすれば良いか……申し訳ありません」

「まぁまぁ、水橋さん。そんなに頭下げなくていいからよ」

「ですが、吉屋《よしや》理事長。司が赤ちゃんの頃からお世話になっている先生に対して」

「原因がわかりゃ、それでいいんだって」

えっ、どういうことですか？

テンゴ先生に呪いをかけてたのは、葵ちゃんってことですか？

みんなの顔を見るばかりのあたしに、司くんがスケッチブックを差し出してきた。

「これ。葵のお絵かき帳です」

「あ、はぁ……」

黄色と黒の表紙が目印の、よくあるスケッチブックを開くと。

そこにはクレヨンで——たぶん、これは白衣とメガネだろうか。

そんな男の人っぽい絵が、デカデカと描かれていた。

さらにページをめくるとまた白衣とメガネで、今度は楽しそうに笑っている。

めくってもめくっても白衣とメガネだらけだったけど、よく見るとどのページにも必ずどこかに、女の子らしい姿が一緒に小さく描かれていた。

「それ、テンゴ先生と葵なんです」

「へー。葵ちゃんって、絵が上手なんですね」

それを聞いてさらに申し訳なさそうな顔になったのは、お母さんだった。

「七木田さんはご存じないかもしれませんが、わたくし共は『橋姫』の末裔……私がクォーターで、司と葵はその4代目にあたります」

「あぁ、そうらしいですよね」

えっ、なんですか理事長。

もしかしてその「橋姫」ってあやかしさんが、呪いの原因なんですか？

「亜月ちゃん、橋姫って知ってる？」

「ヤだなー、知ってますよ……その、名前だけなら」

「うしろに毘沙門天を背負《しょ》ってると、スケールのデカい人間になるんだな」

テンゴ先生に聞きそびれたんですよ、ハルジくんのせいで。

あーっと、そのあといつでも聞くことはできましたよね。

人のせいにして、どうもすいませんでした。

「けど葵ちゃん、5歳の女の子じゃないですか。まさか、そんな呪いとか」

正直ちょっと前まで「あたしのテンゴ先生になんてことしてくれんのよ、誰だか知らないけど決着をつけようじゃないの」ぐらいには意気込んでいたものの。

相手が5歳女児じゃあ、それは大人げないってモンで。

きっとテンゴ先生だって許すと思いますよ、あたしにはわかります。

えぇ、彼女としてそう思いますね。

だいたい葵ちゃんが原因ってわかったんだから、なんとでもできるでしょうに。

「あのなァ。橋姫といったら」

「吉屋理事長。それについては、私からご説明させてもらってもよろしいでしょうか」

「そうねェ……その方がいいかもな」

途中まで言いかけたタケル理事長に代わって、司くんのお母さんが話しはじめた。

「橋姫は代々『呪いの家系』として忌み嫌われてきました。特に男女間の『縁切り』に関しては有名で、嫉妬《しっと》の鬼女と呼ばれることも」

縁切り――あぁ、そういうことか。

葵ちゃん、テンゴ先生が大好きだもんね。

あたし、ライバル認定されてたんだったわ。

「けどそれって、昔の話ですよね」

「え？　えぇ、まぁ……特に、私の母の代まででですけど」

「だったらもう『忌み嫌われて』とか、そんな風に言わなくてもいいんじゃないかと」

「毘沙門天様はそう仰《おつしや》いますけど」

「いやいや。アイツじゃなくて、これはあたしの意見です」

それでも、お母さんの表情は晴れなかった。

「クォーターの私ですら、なにかと生きづらい人生でした。嫉妬と羨望を思い描けば、それは呪いとなって相手を苦しめる……常に人を羨《うらや》まないように生きるのは、並大抵のことではありません」

「うーん……それって、本当にぜんぶ水橋さんの呪いだったんですか？」

「……え？」

「なんか、よくあるじゃないですか。偶然、その状況が重なるっていうんですかね。なんていうか、その状況だけを切り取って考えたら『呪いっぽく』見えただけ的な？」

「紛れ込み、ですか」

「よくわかんないですけど……因果関係じゃなくて、ただの前後関係？　そういう感じのヤツも、あったんじゃないかなって」

確か先生が、ストレス性じんま疹の時によく言ってたんだよね。

じんま疹が出る前にたまたま食べたものが原因に思えて、すぐにアレルギー検査をしたがる患者さんがいるけど、それは前後関係であって因果関係がないことが多いって。

「ありがとうございます、毘沙門天様。もっと若い頃にお目にかかれていれば、私も夫と別れずに済んだのではないかと思えてなりません」

「いやいや、あの……エラそうなこと言っちゃって、すいません」

「ですが、新見先生のことは間違いなく葵の『呪い』だと思います。このスケッチブック、それからビデオに写っていたという『黒い手』が、なによりの証拠です」

「あー、確かにあれは」

「葵はもう4代目なので橋姫の能力は発現しないのではないか、普通の子どもとして生活できるのではないか、と思い込んでいた私の落ち度です」

「そんな、水橋さん……」

「最近よく『テンゴ先生と結婚する』と言っていた時点で気づくべきでした。新見先生にはもう毘沙門天様という素敵なお相手がおられると、もっと早く教えるべきでした」

テンゴ先生と付き合ってるのはアイツじゃなくあたしです、と訂正したいけど。

そんなことはどうでもいいレベルで、水橋さんはどんどん落ち込んでいく。

そんなお母さんの肩にそっと手を添えたのは、司くんだった。

「違うよ、母さん。ボクがもっと早く気づくべきだったんだ」

「ごめんね、司。あなたに甘えて葵を任せっきりにしたせいで、そんなことを考えさせてしまうなんて……私、母親失格だね」

どうすればいいのよ、これ仕方なくない？

だってお母さんはふたりのお子さんを、今までひとりで育ててきたワケだし。

離婚しなければこうならなかったかもしれないなんてタラレバ、ぜんぜん意味ないし。

司くんだって、フツーの男子高校生なんだから。

「水橋さんさァ――」

黙って話を聞いていたタケル理事長が、イスにもたれて少しだけ困った顔をしている。

お気楽な性格だと思っていたのに、その反応は意外だ。

「――オレらは別に、悪いヤツ捜しがしたいんじゃないんだよ。葵ちゃんだって悪意があったワケじゃなく、言ってしまえば無垢な呪い？ 生き霊を飛ばしたようなモンだろ？」

なにそれ、生き霊ってそんな簡単に飛ばせるモンなんですか？

あとそれ、どうやったら帰ってくれるんですか？

「吉屋理事長にそう言っていただけると、ありがたいのですが……新見先生には、なんとお詫びすればいいのか」

「いや、別に詫びなくてもいいんだって。オレが気にしてるのは、それじゃなく――」

えっ、そうなんですか？

まぁ別に犯罪レベルじゃないですけど、他になにか問題ありましたっけ？

「――葵ちゃんに『告知』してないんじゃね？」

その言葉を聞いて、お母さんと司くんは急に視線を落とした。

あたしの知る限り「告知」という単語には、だいたい重い意味が含まれている。

その重圧に抗《あらが》って背を正したのは、やはりお母さんだった。

「はい……葵には『橋姫』の4代目であることを、伝えていません」

「だよなぁ。言いづれぇよなァ」

「司は男の子だったので、縁切りの能力は発現しないと分かっていたのですが……葵が生まれた時は、新見先生にもご相談させていただきました。4代目ならば思春期以降は能力が消えてしまう例が非常に多いと、先生も仰っておられまして。ならば葵には私と同じような負い目を感じず、普通の女の子として生きて欲しいと思い」

そうか、あやかしであることの「告知」か。

特に嫉妬の鬼女なんて呼ばれてたあやかしさんだから、お母さんとしては――。

「――あれ？　じゃあ、えっと……ん？」

本人が縁切りのあやかしだと自覚してないのに、その呪いをどうやって解けばいいの？

えっ、まさか葵ちゃんに「あやかし告知」するんですか!?

「それだよ。オレが気にしてたのは、それ」

「ちょ、どうするんですか!?　まさか、タケル理事長」

「はぁ？　5歳児ったって、女の子だぞ？　いきなり『おまえは橋姫の4代目でテンゴに呪いをかけてる』なんて言えるかよ。オレはいかなる女子も、泣かせるシュミはないね」

「けど理事長、泣かせはしないけど呪われてましたよね」

「だからオレ、悪意があったワケじゃねェから」

「だから悪意のない葵ちゃんの呪いにも、寛大なんですか」

「オレはいつでも寛大だ」

「じゃあ、どうするつもりなんです？」

うーん、と言葉に詰まって悩んでいるタケル理事長。

女子に甘くて寛大ではあるけど、別に解決方法を知ってたワケじゃないんですね。

「水橋さんさァ。葵ちゃんは今、どういう状態なの？」

「無自覚に念を飛ばしている状態ですから、おそらく……新見先生の深層心理で迷子になって、帰れなくなっているのではないかと」

「本人が？」

「いえ、今日も元気に保育園へ行ってます」

「あぁ、なるほど。思念が迷子なワケね。やっぱ生き霊系って、そうなっちゃうのなァ」

「あの、吉屋理事長……本当に葵には、告知しなくてよろしいのでしょうか。少しでも自覚させれば、多少は思念を連れ戻しやすくなると思うのですが」

「ダメ、ダメ。初恋が呪いになってたなんてトラウマ、背負わせられっかよ」

「それは親としては心苦しくも、ありがたいのですが……それでは新見先生が」

「オッケ、オッケー。わかった、だいたいOKだ」

なにを思いついたのか、ヤケクソになったのか。

タケル理事長は、オレに任せておけと言わんばかりに立ち上がったけど。

なんですかその「だいたいOK」って、あまりにもテキトーすぎませんか。

「大丈夫ですか？　そんな軽いノリで」

「悪夢には『獏《ばく》』って、昔から決まってんの」

「えぇっ⁉　葵ちゃんを食べさせるとか、正気ですか！」

「ちげーよ、サルベージすんの」

「猿……？」

「まぁいいから、オレに任せとけって」

いざとなったら頼りになるのは知っているとはいえ、今度ばかりは不安でならない。

相手はテンゴ先生の深層心理で迷子になっている、5歳幼児の思念。

それを獏だか猿だかで、なんとかできるのだろうか。

そんなことを考えていると、司くんが小声で寄ってきた。

「あの、七木田さん」

「ん？　大丈夫だよ。ああ見えてもタケル理事長、わりと頼りになると思うよ。たぶん」

「それは心配してなくて、その……テンゴ先生なんですけど」

「あ、そっち？」

ヤだなぁ、あたしだけがタケル理事長を信用してないみたいじゃないの。

「かなり、具合悪いんですか？」

「まぁ弱ってるっちゃ、弱ってるけど」

「これ、渡してもらえませんか」

そう言って取り出したのは、銀色の小さなカエルだった。

「作ったの？」

「仙北さんに聞いたことがあったので」

「あっ！　連れ帰る《カエル》、無事帰る《カエル》か！」

なんて気の利く男子高校生なの、お姉さんがもう少し若かったら間違いなく落ちてたよ。

しかしテンゴ先生は、相変わらず老若男女を問わず大人気なことで。

「ボク、なにもできないですから……せめて」

「そんなことないって。テンゴ先生、喜ぶと思うよ」

「だと、いいんですけど……」

なぜか少しだけ悲しそうな顔をして、司くんはお母さんと一緒に帰っていった。

あんなに優しくていい子なのに、やっぱり学校は辛いのかなぁ。

いや、優しくて人の気持ちがわかる分だけ辛いってこともあるか。

▽　▽　▽

世界は眩しいほどの陽気に満ちているというのに。

遮光カーテンで閉ざされたテンゴ先生の部屋を開けると、昼でも暗闇の別世界だった。

「せんせ……起きて……ますか……」

いつでも寝られるように、なるべく静かに、なるべく暗くしているのだけど。

今日はこの状況を打破してくれる、心強い助っ人さんが来てくれる日。

寝てるならそれでもいいと思っていたのに、やはり先生はソファに座って起きていた。

さすがに白衣は脱いで、いつもの量販店の部屋着でいてくれたのには少し安心する。

「……アヅキか」

ゆっくり振り返った先生とは、ぼんやりとしか視線が合わない。

1〜2時間の断眠がもう10日以上も続いているので、どう見ても限界。

退廃的で耽美的なんて言っていられないぐらい、目元が疲れ果てていた。

「いま、八田さんが羽田へお迎えに行ってますから」

返事はなく、部屋の中は暖色の間接照明と静かな弦楽器の音楽だけが流れる中。

ぼんやりあたしを見ていた先生は、不意に両手を差し出した。

「どうしました？　なにか飲みます？」

「おいで」

「……えっ？　あの……おいで、って？」

返事はない。

ソファで両手を広げたまま、飼い犬が寄って来るのを待っている。

もちろん今この部屋にいるのは犬ではなく、あたしなんだけど。

「ん……？　どうした」

なにこれ、どうすればいいの？

ヤだ「なんで今日はこっちに来ないの」みたいな顔しないでくださいよ。

今そっちに行きますから、そんなに悲しげな顔をしないでくださいって。

「先生、どうしたんでアッ――――ッ！」

ソファの真正面まで来たら、いきなり両脇にスルッと腕を回され。

まるで子犬のようにあたしを膝にまたがらせると、息苦しいほど抱き寄せてきた。

「あぁ……アヅキの匂いがする」

「ままっ、待って待って！　あたしシャワーは朝、浴びましたけど――」

あごを乗せていた先生の肩が、大きく深呼吸している。

くっついた頬だけでは不安なのか、髪を絡めた指先があたしの頭を抱え込んでいた。

「俺は今、起きているのか」

その声は、先生の胸から直接あたしの胸に響いてくる。

状況はぜんぜん把握できないけど、少なくとも先生が安心しているのだけはわかった。

「大丈夫です。起きてますよ」

「これは本物のアヅキだな？」

そう言うと、本当に息苦しいほどきつく抱きしめてきた。

こんなに不安そうな先生を見るのは初めてだ。

「そ、そう……で、す」

「名前を呼んでくれないか」

「テ……テンゴ、先生……？」

なんとかそれだけ伝えると、その腕は急に力を抜いた。

そして先生はまた、大きく息を吸って吐き出している。

「アヅキ。俺のもとから、突然消えたりしないで」

「いなくなったり、しませんって」

きっとまた、悪夢との区別がつかなくなっているのだろう。

回されていた手が頬にかかった髪を払ってくれた勢い、器用にあたしの顔を横に向け。

――えっ、ここで連写⁉

先生、どこにスマホを隠し持ってたんですか！

「ほら。とても仲がよさそうだ」

「……実際、仲いいんじゃないかと」

べったりくっついたふたりの自撮り接写は、なんだか異常に照れくさいけど。

等身大人形みたいに軽々と膝に乗せられているのは、めちゃくちゃ気持ちいい。

あーこれ、クセになりそうだわ。

今度から黙ってソファの前に立ってたら、膝の上で抱っこしてくれるかな。

「今日は何曜日だったかな」

「つと……に、日曜日です。お休みですから、安心してください」

本当はもう、月曜日だけど。

曜日感覚のなくなっている先生に、余計な心配をさせないため。

いつ聞かれても日曜日だと答えるよう、みんなで決めたのだった。

「そうか。では、どこかへ出かけないか」

「いや、先生。今日は前に言ってた――ひゃうっ！」

バーンとドアが開いて、光が差し込むと。

この光景を見てドン引きしている、タケル理事長が部屋に入ってきた。

「……なにそれ、どういうプレイ内容？」

「タケルか。どうした」

先生、まったく動じませんね。

あたし、飛び退《の》いてしまいましたよ。

「わざわざ石垣から来てもらったんだよ、白澤《しらさわ》くんに」

「……誰それ」

「な？　ずっと、こんな感じなんだわ」

「新見さーん！　お久しぶりでーす！　プライマル・ダイヴの、白澤でーす！」

元気すぎる声をかけてきたのは、理事長のうしろにいた坊主頭の——どんぐり？

貘というあやかしさん、なんだかあたしがイメージしてたのとぜんぜん違うなぁ。

だいたい、なんで貘が石垣島でダイビングショップの船長をしてるのよ。

ともかく日焼けが日常すぎるのか、顔も手もびっくりするぐらい焦げ茶になってるし。

華奢《きゃしゃ》に見えるのに肩幅はガッチリで、白いTシャツ越しにも細マッチョだとわかる。

そして白い歯を眩しく輝かせて、ニカッと笑っていた。

「ん？　あぁ……そうだな」

先生がこの返事をする時は、だいたい状況を理解できていない。

たぶん白澤さんが誰なのかも、思い出せていないだろう。

「白澤くん、どう？　橋姫の思念、サルベージできそう？」

「吉屋さんから聞いた話どおりなら、ダイバー次第っスかね——っと、彼女さん⁉」

びっくりするぐらい目を丸くして、どんぐり色の白澤さんに指さされた。

テンゴ先生の彼女という存在は、そんなにアメリカンな仕草で驚くようなモンですか。

「あたし？　まぁ……はい」

「あっ、そう！　じゃあ明石《あかいし》食堂の方に住んでる芦萱《あしかや》先生と一緒に、マンタポイントの近くで百鬼夜行を阻止した——例の人だ！」

「マンタ……石垣のビーチで、焼き肉してた時のヤツですか？」

「あの仏法《ぶっぽう》アタック、凄かったって有名なんスよ。もうね、伝説。レジェンド」

「ど、どうも……」

明石食堂がどこにあって、何なのか知らないですけど。

百鬼夜行ならあのファンクな増長天《ぞうちょうてん》を背負ってる芦萱先生と一緒に、アタックじゃなくて正座させて説教して、その場で解散させましたね。

ていうか、なんでそんなに元気で声が大きいんですか。

インストラクターと名の付く人、だいたいそんな感じの人が多いですよね。

「彼女さん、ダイビングは初めて？」

「……はい？」

持って来た荷物をさっそく開けているけど、白澤さんの言っている意味がわからない。

タケル理事長にヘルプの視線を送ったら、なぜか気まずそうに肩をすくめられた。

「オレ、記録用のカメラを準備してくるわ」

「記録？　ちょ、タケル理事長⁉」

「前に石垣へ来た時、体験ダイビングとかしなかったんスねー」

人の気持ちは関係なしに、白澤さんは着々となにかの準備を始めている。

取り出したのは謎のお香のような物と、その受け皿？

部屋を明るくする様子もなく、むしろロウソクまで立てて妖しい雰囲気にしている。

「あの、今日はテンゴ先生の……」

「新見さんの深層心理と親和性の高い人でないと、海が『拒絶の波』で荒れるんで」

「……波？　海？　どこの？」

「新見さんの」

「確認なんですけど……今日はテンゴ先生の深層心理から、葵ちゃんの思念を」

「だっはっはっはっ、大丈夫ですって。ちゃんとブリーフィングしますから、安心して」

豪快な笑顔で、ニカッと親指を立てられたけど。

火のつけられたお香からは、フローラル系のほのかな匂いが漂い。

並べられたロウソクの炎たちが、揺れる影を部屋の壁に投影している。

この妖しい儀式みたいな雰囲気のどこがダイビングなのか、ぜんぜん安心できない。

「はい。じゃあ、ブリーフィング始めまーす。ので、えーっと……こっち集合しましょ」

「先生？　移動できます？」

「ん？　あぁ、そうだな」

こっちというのが先生のベッドだというのは分かったけど、それ以外はサッパリ不明。

ボンヤリしたままのテンゴ先生の手を引いてベッドに並んで腰を下ろすと、白澤さんはホワイトボードとペンを持って目の前に膝を落とした。

「今日のダイビング・ポイントは、新見さんの悪夢ね。彼女さんがダイビング、今日が初めてなんで基本から説明しまーす」

「ですね。そうしていただけると、あたし的にも非常に助かります」

だからニカッと笑ってOKサインを出されても、ぜんぜん安心できませんって。

先生、意味をわかっててOKサインを返してます？

「今日はポイントの真上で、錨《アンカー》を降ろします。そのロープをガイドに中層までまっすぐ沈降《ちんこう》してもらって、体感で15mぐらい――」

シャシャッと慣れた感じで、なにやら地形みたいなものを描いている。

テンゴ先生はうなずきながら聞いてるけど、絶対あたしと同じで理解してないと思う。

「――その先は、深層まで落ちたら悪夢の『コア』になってる迷子のお嬢ちゃんを見つけて。あとは手を繋いで水深5mまで浮上したら、3分間安全停止。ボートに引き上げて、サルベージ終了。最大潜水時間は約50分ぐらい。ね、カンタンっしょ」

まぁ、とりあえず先生の意識の海に入る感じはイメージできたけど。

これどう考えても、全然カンタンじゃないでしょ。

「……なんかとてつもなく特殊な作業っぽいですけど、免許とかいらないんですか？」

「だーいじょうぶ、大丈夫。ボートから指示を出しますって」

「え……白澤さんが潜るんじゃないんですか？」

「新見さんとの親和性、あんまり高くないんで」

「いやいや、ちょ――あたしが、ひとりで潜るんですか!?　先生に!?　どうやって！　本物のダイビングとかも、全然やったことないんですよ！」

「あ、海よりラクっスよ。塩《しょ》っぱくないし、マスクは曇らないし、タンクも重くないし」

「待って、待って！　それってやっぱ、ダイビングのライセンスとか要るヤツじゃ」

「はーい。じゃあ今から、平常心タンクをエンリッチにしときましょーう。まずは新見さん、そこで横になって」

「なんですか、リッチって！　あたし、貯金ないですよ!?」

「慌てない、慌てない。パニック禁止、イージーにゆっくり呼吸しましょうねー。タンクの酸素濃度を濃くするんじゃなくて、平常心の濃度を濃くするだけですから」

「さっきからチョイチョイ出て来る謎ワードの『平常心』って、何なんですか！」

「うん、それも今から説明しまーす。はい新見さん、まずベッドに横になりましょう」

ねぇ、だから聞いてます？

テンゴ先生のためなら何でもやりますけど、ちょっとはあたしの話も聞いて？

そんな願いもむなしく、白澤さんは着々と作業を進めている。

テンゴ先生をベッドに横たえて、このあと何がどうなったらダイビングになるのやら。

「じゃあ彼女さんも、新見さんと一緒に横になってもらえます？」

「はい……？」

「彼氏とくっついてると、安心するっしょ？　それが平常心タンクの濃度になるんで」

「タンクって、あたしの？　どこの？」

「あれっスよ。むかし流行った『愛注入』みたいな感じっスかね。だっはっは」

「ハァ？」

もうこれ以上は回らないんじゃないかというぐらい、首を捻《ひね》ってみたけど。

白澤さんがなにを言っているのか、まったく理解できなかった。

だいたい、なんで人に見られながらテンゴ先生と添い寝しなきゃなんないのよ。

とは言っても、そのためにわざわざ石垣島から来てもらってるワケだし。

悪夢処理のプロなんだから、テンゴ先生のためにも従わなきゃダメだよね。

「こ、こんな感じ……で、いいですか」

うわぁ、同じベッドにテンゴ先生と寝てるよ。

これがまたダブルだから、いい感じになんでもできそうで怖いよ。

なんでもできるって、あたしは何をしようとしているんだ？

「新見さーん。彼女さんと、もっとくっつけます？　でないと、濃度が上がらないんで」

「そうか。わかった」

「いっ⁉　これ以上⁉」

腕枕、キタァ――ッ！

挙げ句に引き寄せられたモンだから、あたしもテンゴ先生に半身をあずける形だァ！

手は先生の体に回していいですかね、この体勢ならもう仕方ないですよね！

あーっもう、なんでこんな至福の瞬間を人に見られなきゃいけないのよ！

「苦しくないか？」

「ぜ、全然。先生こそ、あたし……重くないですか？」

「こんなに穏やかな気持ちになれるのなら、もっと早くこうすればよかった」

あっ、ドキドキするんじゃなくて穏やかになるんですね。

いやまぁ、それはそれでいいとは思うんですけど。

ともかく、この姿を白澤さんに見られ続けるのは非常にアレな気分です。

「あとは特製のお香が効いてきますんで、そのまま寝ちゃってください。それまで部屋から出てます。あっ、エッチなイベントを済ませるんなら『なる早』でお願いしまーす」

「あぁ……そうだな」

「できるわけないでしょ！」

先生も、わかってないのに返事しないでください！

ボンヤリしてても、そのあたりの話になったら意識清明《いしきせいめい》になりましょうね！

ぱたん、とドアが閉まる音が響くと。

フローラルの妖しい香りに包まれて、妙な気分になってきた。

なんかこう、腰のあたりの内臓がアツくなってきたというか——。

「アヅキ」

「はひっ⁉」

先生の胸に顔を押しつけてるから、めちゃくちゃダイレクトに声が響いてきた。

うっそ、やっぱりエッチなイベント始めます⁉

だってさっき、タケル理事長が記録用のカメラを準備するって言ってましたよ⁉

「面倒をかけてしまって、すまない」

「え……」

そうして先生はまた大きく息を吸って、ゆっくりと吐き出した。

「もしアヅキが腎不全《じんふぜん》になったら、どんなことをしてでもＨＬＡタイピングをねじ曲げて俺の腎臓をひとつ渡そうと思っていた」

「……ん？」

「アヅキに必要な臓器があれば、俺のすべてを渡してもいい」

「……はい？」

待ってください「おまえにオレの心臓をくれてやる」ぐらいの勢いになってますけど。それってたぶん、先生なりの愛情表現……ですよね？

「それが、まさかアヅキをこんな危険な目にあわせることになるとは……どこでどうなったのか、こんなはずでは……」

八田さんの愛もわりと重いですけど、先生のはもう「捧げる」レベルなんですね。意表を突かれすぎて吹っ飛ばされた感じがしますけど、次からはしっかり受け止めます。

「あたしだって、先生のためなら何でもします」

「ダメだ」

「えっ⁉　いやいや、そこは受け止めてもらわないと――」

「消えたりしないで欲しい」

また、強く抱きしめられた。

ベッドで腕枕されてこの勢いなら、あとは流れ的にどう考えてもアレなんだけど。

先生、この角度なら入口のドアが開いてもすぐ見えないですし。

なんか、ちょっとぐらいしてもバレない――。

「すー……」

「……先生？」

ちょ、この状況で寝たァ⁉

しかも、わりと安らかに⁉

今まで、あれだけ寝られなかったのに――ってまぁ、安心してくれたってことでいいか。

あたしが添い寝してあげてたら、もしかしたら不眠にならなかったのかな。

めちゃくちゃ穏やかな先生の寝顔を間近で見てると、これはこれでいいかと思うし。

これから挑む、謎のダイビング。

あたし、絶対うまくやってみせまスヤァ――。

▽　▽　▽

気づくと、夕闇の海で小型の船の上にいた。

「ハア⁉　ここ、どこ⁉」

ダイビングとは聞いていたものの、ここまで思いっきり海だとは思っていなかった。

しかも船といってもちょっとした漁船、言ってしまえばボート程度。うしろに据《す》え付けられたボックスが操縦席だろうか、せいぜい5～6人乗れば一杯だ。

「ちょ、なんなの⁉　白澤さん⁉　テンゴ先生⁉」

次第に暮れゆく夕闇に、船がぼんやりと揺れている。

波はそれほど荒れていないけど、まったく無風じゃなく。

ほどよく体は上下左右に揺れて1秒たりとも安定しないので、常にちょっとだけ踏ん張っている必要があった。

潮風なのか、湿った生温かい風が体をなで回して過ぎ去っていくだけ――。

「――って、なにこの恰好！」

わりとボディラインがはっきり出る、いわゆるウェットスーツをいつの間にか着ていた。

まぁダイビングらしいっちゃ、らしいけど。

「彼女さん、きついっスか？」

ひょいと操縦席から顔を出した白澤さんは、トロピカル柄の海パンのみ。

体脂肪が5％ぐらいしかなさそうな筋肉がテクスチャーのように貼りついた体は、想像通りのきれいな焦げ茶。

もはやどんぐりというより、茶色い人になっていた。

「まさか、白澤さんがあたしに⁉」

「着せてない、脱がせてない。イメージっすよ、この世界はすべてイメージ。ダイビングと聞いて、たぶんそれを彼女さんがイメージしたんじゃないですかね」

「あたしが？」

「白澤的にはセパレートのビキニとか、似合いそうだと思いましたけどね。あっはっは」

豪快に笑いながら、白澤さんはこれまた見たことのある酸素ボンベを持って来た。

そして特殊部隊とはまた違った装備とホースだらけの、黒いベストに取り付けている。

あーこれ見たことあるわ、マジで今からダイビングになるんだわ。

「ものすごく今さらで申し訳ないんですけど……かなり危険ですよね。溺《おぼ》れて３分で、軽く死ねるヤツですよね」

「いやいや。基本、心理の海では『物理的』には溺れないんで。慌てなけりゃ、平常心タンクは60分ぐらい大丈夫です」

「物理的って？」

「そこに見えてる海、水じゃないスから。触ってみてくださいよ」

船縁から恐る恐る手を入れてみると、確かにあの海っぽい水の感覚がない。

かといってバシャバシャできないこともないという、不思議感覚だ。

「あ。あんまりかき回すと、新見さんの短期記憶が乱れるんで」

「それ、はやく言ってくださいよ！」

目覚めた時にあたしのこと忘れてたら、どうするんですか！

この調子でダイビングが始まるのかと、ゲッソリしていると。

タンクを取り付けてチューブがぶら下がったフル装備のジャケットを、白澤さんが軽々と片手で持ってあたしに背負わせようとしていた。

「はい、うしろ向いてー。これに、腕を通しましょーう」

あー、なんか怖いなぁ。

けど、そうも言ってられない状況なんだよなぁ。

今さら「やっぱりヤメます、白澤さんお願いします」なんて言えないしなぁ。

テンゴ先生との親和性ってヤツなら、絶対あたしの方が上だと——思いたいし。

元気があればなんでもできるって言うけど、あれって勇気の間違いじゃないかな。

「うわっかりましたァ！　いつでもどうぞォ！」

「まぁまぁ。もっとラクに、イージーに。ほら、軽いでしょ？」

「……あれ？」

うしろにひっくり返るんじゃないかと踏ん張っていたのに、肩すかしをくらった。

身につけている感じはあるのに、せいぜい厚手のコートを羽織っている程度の感覚。

「ね？　軽いっしょ。これもイメージっスから」

「え？　じゃあ、酸素ボンベとか機能しないんですか？」

「あると思えば安心する的な？　そういうヤツですよ。白澤的にはパンイチ素潜りでもOKなんスけどね。っはっはっは！」

「そんなぁ……」

「だーいじょうぶ、大丈夫。だから平常心をエンリッチにして来たワケで。ね？」

イメージとはいえ、マジメに装備をパチンパチンとセッティングしてくれる白澤さん。

確かにこれから海に潜るというのに、これがあるとないとでは気分は大違いだ。

「その『平常心』っていう、謎のキーワード。そろそろ教えてもらえませんかね」

「あんまり怖がらせてもアレなんで、最後にしたんスけど……」

キュッキュッ、とダイビングベストのあちこちのベルトを締《し》めながら。

白澤さんの口調が急にまじめになった。

「……ここって新見さんの心理空間なワケで、思考と記憶の海なんですよね。つまり、マジで『非現実』な場所」

「は、はい」

「そこへ、まったくの別個体が『現実のまま』電気信号として入り込んじゃってるワケですよ。見る物も聞こえる物も、現実にはマジであり得なくてもOK的な場所へ」

「……ですよね。よく考えたらここ、寝てるテンゴ先生の意識の中なんですもんね」

「あくまでここは『非現実』だと線引きできてれば、どうってことないんスよ。ただパニックになったり取り乱したりして『現実との境界線』があやふやになると、非現実の世界にあっという間に飲み込まれるぐらい、現実の思考なんて脆弱なんです」

「飲み込まれると……どうなるんですか」

「新見さんの非現実世界と彼女さんの現実的な意識が混ざっちゃうってことなんで、白澤的にはそれを『溺れる』って言ってます」

「つまり、死ぬってことですか？」

「新見さんの意識や記憶の世界の住人になるってことっスからね。現実世界じゃ、死んだも同然じゃないスか？　まぁそれを『一心同体』になれたって、喜ぶ人もいましたけどめっちゃ笑ってますけど、ぜんぜん笑えないと思います。

ただまぁ、わからない感情でもないですね。

「どうすればいいんですか？」

「そのための『平常心』ですよ。動揺しないこと、イージーに考えること。ここでは平常心があれば、なんでもできますから」

「それで勇気じゃなくて、平常心なんですね。意気込んじゃダメなんですね」

「そゆこと。じゃ、とりあえず練習がてら海に入ってみますか」

「あっ、あっ。タンクから延びたホースみたいなの、くわえるんですか？」

「新見さんの表層意識とか短期記憶を飲み込んじゃうから、まぁその方がいいですかね」

飲んじゃダメでしょ、絶対！

白澤さん、わりと大事なことを言い忘れてない⁉

「2本ありますけど」

「黒い方が彼女さん用。黄色い方は、サルベージするお嬢ちゃん用」

そうか、葵ちゃんの思念も現実側だったのか。

じゃあパニックになったらこの黄色い方で、あたしの平常心をわけてあげる感じか。

「あと、白澤さん。それと」

「彼女さーん。そろそろ入りません？　ここでも平常心、わりと使っちゃってるんで」

「えぇっ⁉　ちょ——それ、あたしはどこで見ればいいんですか！」

「あ、言ってなかったでしたっけ。マスクに表示される最新のヤツなんですよ」

「マスク⁉　風邪の時の⁉　持って来てないですって！」

「あっ、じゃなくて。マスクって、水中眼鏡のことです」

「だから、してないですって！」

いっけね、みたいな顔してても許されないうっかりミスってあると思うんですよ。

これはまさに、その部類のミスだと思います。

目と鼻まで覆《おお》われる、いわゆる水中マスクをつけてみると。

たしかに透過性の高い黄色で、右側にメーターが表示されていた。

「いま、いくらって出てます？」

「180……に、今なりました」

「え……200入れて来たのに？」

「えっ？」

「あんなにベッタリくっついてイチャイチャして、エンリッチにしたのに？」

言いにくいこと、サラッと言いましたね。

ええそうですよ、かなり幸せな瞬間でしたよ。

なんだったら、あのまま次のイベントに進みたかったぐらいですから。

「なんか、ヤバいですかね……」

「うーん……まぁ、ボートに戻って来るまでの分を考えれば……残り50ぐらいで浮上したいですからねー」

「じゃあ引き算して……残り130の平常心って、どれぐらいもちます？」

「白澤的には60分ラクショーですけど、彼女さんは……どうですかね」

「タンクに入れ直して来ます？」

「いやいや。何度も表層意識に出入りしてると、心理的外傷になる可能性もあるんで」

「ダメじゃないですか！　急がないと！」

「あっと、彼女さん。イージーに、イージーに。カームダウン、OK？」

ホントだ、180になったばかりだと思ってたのに、もう176とかになってるよ。

ちょっとこれ、真剣にヤバくない？

あっ、あっ、そういう焦りもダメなんだ！

減ってる減ってる、イージーだよ、イージーにね！

「もういいや、行ってまいります！」

「船縁にハシゴ降ろしたんで、それで足から入りましょう」

細マッチョの茶色い白澤さんに手伝ってもらいながら、船縁をまたぎ。

テンゴ先生の表層意識にゆっくりと首までつかった。

うーん、海とも言えない複雑なスルッと感はなんと言えばいいのやら。

「で？　どうやって潜ればいいんですか？」

「あっ、すいません。ウエイト忘れてました」

「ハァ？」

重りを何個か付けた太いベルトのようなものを持って、白澤さんは海にザブンと。

こらこら、静かに入らないとテンゴ先生の短期記憶が大変なことになるんじゃないの？

ゴニョゴニョくすぐったかったけど、なんとか重りのベルトも巻いてもらい。

ついでに引っぱられて、アンカーを降ろしたロープまで連れて行ってもらった。

「はい、じゃあこれ摑んで。レギュレーターくわえたら、息を吐いてくださーい」

「あの、白澤さんは?」

「基本的にここは電気信号の世界なんで、意思疎通は無線なみにできます」

ニカッと笑顔で親指を立てられたら、あとはもうやるしかない。

マスクの平常心メーターも減る一方なので、行ってやろうじゃないのよ。

でっかいマウスピースみたいなのをくわえ、ゆっくりと息を吐いてみた。

口元から気泡がゴボゴボと出ていく気配がまったくないので、ようやくここが本当に海ではないことを実感した。

今度は思い切り息を吸い、そしてゆっくりと吐き出してみる。

すると、なにもしなくても体が足から水中に沈み始めた。

これが白澤さんの言っていた、沈降というものなのだろう。

体の空気が抜け、ただの肉の塊みたいに沈んでいく。

そのうちすぐに、水面は頭上を越えてしまい。

おぼろげな光の揺らぎは、ゆっくりだけど確実に上へ上へと逃げていった。

『彼女さん、聞こえますかー?』

「あ、はーい」

えっ——この巨大マウスピースをくわえたまま、しゃべれるの?

あぁ、だからイメージなのか。

『ウエイトだけで、沈んでいきますからねー。イージーに、イージーにねー』

「り、了解です」

足元を見ても、何もない。

ただ深い藍色のグラデーションが、次第に黒く塗りつぶされていくだけだ。

目的の葵ちゃんの思念が、どういう形で存在するのか想像もつかない。

あるのは、次第に光と視野を失いつつある紺色の世界だけ。

魚もいなければサンゴ礁もない、全然トロピカルじゃない海だ。

「あの、白澤さん……なにもないんですけど……」

これって息苦しさがないだけで、わりと怖いじゃないのよ。

水中マスクの隙間から水が入ってこないだけで、かなり怖いじゃないのよ。

ヤバい、また平常心メーターが減ってる。

イージーに、イージーにだよ、七木田亜月——すーはーすーはー。

『そこはまだ中層なんで。紺色の世界が終わったら、いよいよ深層に突き抜けまーす』

「は？　突き抜けるって？」

『あ、そろそろ真っ暗になってきましたね。抜けますよ、中層』

「ねぇ、白澤さん？　そっちから、見えてます？」

『彼女さんの視覚も、電気信号ですからねー』

あたりの景色から色もなくなり、ただその空間に存在しているだけになった時。

不意に足が、今まで感じていたわずかな抵抗すら失った。

「えっ、ちょ——なにこの感覚⁉」

『何回も言いましたけど、そこ現実じゃないですからね。慌てず、イージーにね』

スルスルと脚から腰、腰から肩まで抵抗がなくなり、なにかの境界面を抜け落ちている。

そしてスポンと、全身がすべての抵抗から抜けた時。


——そこは雲の上だった。


「な——ッ⁉　ちょ、あぁぁぁぁ⁉」

海を突き抜けたら、そこは空だった。

ゴウッ——とすぐに雲へ突入し、それもあっという間に突きぬけて落ちていく。

ともかく、落ちていく。

『彼女さーん、落ち着いてねー。ダイビング器材、パージするよー』

「ハァ⁉　白澤さん、白澤さん、ヤバいこれ、待っ——」

さっきまで全身を包んでいた浮遊感はふっ飛び、ついでにタンクやダイビング・ベストも吹き飛び、強烈な重力に引かれて真っ逆さまだ。

「――あああッ！　器材飛んでった！　なんで空、なんで落ちてるの落ちてるのッ！」

『落ち着いてね、彼女さん。落ち着いて、まず平常心メーターを見ようか』

「ないから、なくなったから！　水中マスクも吹っ飛んだから！」

『うん。大丈夫だよ、「メーター」って言ってみて』

「言う!?　メ、メーターッ！」

今度はマスクのガラス越しではなく、左目にカラコンでも入れたように数字が浮かんだ。

『いくつって、出てます？』

その前に地面が迫ってくる、見た事もない街並みが、だんだん大きくなってくる。

パラシュートもなければ、ふんわりポピンズの傘もない。

なんかもう目を開けるのも怖いし、わりと髪がヅラみたいに飛んでいきそう。

車の窓から顔を出してるのとは、全然ワケが違う。

『彼女さーん。夢で見たことない？』

「これが夢ならサイコーですけどね！」

『そうそう、そんな感じだよ。ほら、思い出して。ここ、非現実の世界だから』

「そんなこと――」

『だいたい新見さんがさー、彼女さんを傷つけるワケないでしょ？』

そうだ、ここはテンゴ先生の夢だから！

テンゴ先生が夢の中で、あたしを死なせたり酷《ひど》い目にあわせるなんて――ない！

「どうすればいいんですか！」

『だいたいの夢ってさ。地面直前で、ふんわりと足から着地できるっしょ』

「そそそ、そんなモンですかね⁉」

『着地するよー。一緒に数えましょーう。ほら、5、4……』

薄暗く見た事もない町の路地が、どんどん目の前に迫ってくる。

『ほら。数えて、数えて。はい、3、2……』

「さ、3、2、1ッ！」

地面に激突する直前、今までの落下が嘘のように慣性の法則を無視して。

ふんわりと、まるでその辺のブロック塀から飛び降りた程度の衝撃で着地できた。

とてもはるか上空、雲を突きぬけて落ちてきたとは思えない。

「――くはぁっ！　はぁ……ほんと……だ……これ、現実じゃないや……」

『でしょー。じゃあ、息を整えましょーう』

「あ、は、はい……あっと、平常心は……？」

左目に浮かんだ平常心メーターは、120を指していた。

待ってよ、なにこれ。

船の上では180あったんだけど、もう60も消費しちゃったってこと？

だって仕方ないじゃない、まさか海を突きぬけて空から落ちるとは思わないでしょ?
それならそうと、教えといてよ!
『まぁ、まぁ。最初はそんなモンで』
「わかりました。とりあえず……ここって、どこ?」
あまり天気の良くない曇り空の下、江戸川町には似ているけど違う町だろうか。
狭い車道の住宅街にある、安っぽいアパートの前に立っていた。
いやいや、ここがどこかの前にウェットスーツ姿をなんとかできないモンかな。
『ちなみにイメージすれば、着替えられるよ』
「すいませんけど……なんかこう、いろいろもっと早めに教えてもらえませんかね」
とりあえず、いつものTシャツとデニムでいいか。
と思った瞬間、バシュンと着替えていた。
これ便利だな、いつも使えればいいのに。
なんて考えてると、目の前のアパートから階段を誰かが降りてきた。
ぼんやりした影だった姿が、ハッキリ形を持つと——。
「うっそ……あれ、あたしだ……」
けどちょっとだけ、ビミョーに美化されてる気がしないでもない。
あたし、あんなに目元パッチリしてないよね。

「待ってくれ、アヅキ！」

そのあとを追うように、階段を駆け下りてきたのは——。

「……だよね、テンゴ先生だよね」

ここは間違いなくテンゴ先生の夢の中なのだと、改めて痛感した。

あたしとテンゴ先生がいるなら、肝心の葵ちゃんは？

たしか先生「黒い人影が」って言ってたよね。

『彼女……ん、そこ……世界の……が濃密な電気信……るから……は、ダメだわ』

「えっ？　なんですか？」

そのあとは雑音だらけで、白澤さんの声は聞き取れなくなってしまった。

どうすっかな——って、ともかく葵ちゃんを連れて帰ればいいんだろうけど。

この空間のどこかに、絶対いるんでしょうね。

きょろきょろと葵ちゃんを捜しつつも、テンゴ先生とあたしが気になって仕方ない。

先生、いつもどんな悪夢を見てるのよ。

「待ってくれないか、アヅキ！」

階段を降りてしまったあたしの腕を、テンゴ先生はなんとか摑まえていた。

あたしとテンゴ先生、一緒に住んでる設定なのかな。

けどあたし、めちゃくちゃ嫌そうな顔してる。

テンゴ先生のなにがそんなにイヤなのよ――って言っても、これ先生の夢だしなぁ。

「離してください」

「すまないが、理由を教えてもらえないだろうか」

「いやホント、離してもらえますか。ちょっと……耐えられそうにないんですけど」

「俺はアヅキの心は読めなくなってしまった。だからずっと一緒にいるためには、なにを考えて、なにを不快に思っているのか、話してくれないことには」

「いや。話をして、どうなるモンじゃないんで」

なにあいつ、感じ悪《わる》っ！

ちゃんと人の目を見て話しなさい――ってまぁ、あたしなんだけどね。

「それは、どういう……ことだろうか」

ようやくテンゴ先生の方を振り向いて、あたしが眉間にしわを寄せて言い放った。

「ぶっちゃけ、あやかしと付き合うとか考えられないですよ」

「え……」

「あやかしって言えばキレイな感じですけど、妖怪ですよ？　ないです、ないない」

ぶちん、と頭の中でなにかがキレた。

なんだとコノヤロウ、七木田亜月ィ！

思ってもないこと、スラスラ言ってんじゃないよ！

「あんたバカじゃないの⁉　背中に毘沙門天を背負った女が、なに言ってんの！」

思わず叫んだ瞬間、世界の空気がドンッと振動した。

階段を降りてモメていたテンゴ先生と憎らしいあたしも、こっちを見ている。

あっ、これってあんまり干渉しちゃいけない感じなのかな。

「……アヅキが、ふたり？」

動揺しているテンゴ先生とあたしの間で、もうひとりのあたしが輪郭を揺らした。

ハッキリ見えていた顔と体が、次第に黒いモヤで隠れていく。

「ナナアヅ……？」

「あっ！　その呼び方、葵ちゃんでしょ！」

最後に見えた表情は、これまた憎らしいほどニヤリとした笑顔。

ちょっと葵ちゃん、ホントに5歳なんでしょうね。

「帰るよ、葵ちゃ――アッ！」

待て待て、どこかへ消える気だね⁉

鬼ごっこしてる時間、ないんだか――あぁっ⁉

平常心メーターが、100を切ってる！

ヤバい、動揺したのがいけなかったのかも！

「アヅキ！」

「ふぇあっ⁉」

いつの間にか目の前に来ていたテンゴ先生に、全力で抱きしめられている。

あっ、夢の中でも触れ合える——。

今まで経験したことのないキスを、思いっきりされた。

ダメです先生、今はそれどころでは。

長く息もできないほどのキスのあと、ようやく先生は唇を離してくれた。

先生、夢の中ではあたしにアレコレ大胆にやっちゃってるんですね。

「あれは、悪夢だったのだな……これが、本物のアヅキなのだな……」

「ふぇ……ふぇんへぇ……」

ダメだ、腰が砕けた。

立ってるのがやっと——って、また平常心が減ってる！

「頼む……俺のもとから、突然消えたりしないでくれないか……」

「いなくならないですよ⁉　けどですね、あのですね！」

「……やはり、俺が天邪鬼のクォーターだということが」

「いやいや、全然OKですよ⁉　真剣にウェルカムです！　でも、今はですね」

「俺はまた……大切な者を失うのか……」

あたしもこの瞬間サイコーです、このまま先生の部屋に行ってもいいんです。

でもそれじゃあ、先生がいつまでたっても悪夢から覚めないんです。

今は、ちょっとだけガマンしてください。

逆にあたしがガマンするために、ちょっと背伸びをして先生にキスをした。

あーっ、恥ずかしい！

自分からしちゃった、ヤだこれ先生おぼえてるかな⁉

「あたしが先生を助けます。だから信じて、待っててもらえますか？」

「アヅキ……」

軽く唇に手を当てたまま、テンゴ先生がフリーズした。

また空気が激しく振動したかと思うと、景色が先生ごと砂のように吹き飛ぶ。

「なっ――」

すぐに世界は形を整え始めたけど、そこはもうアパートの前ではない。

どうやらまた、別の夢にステージ・チェンジしたようだけど。

「うわ……今度は、これか」

一転して、広々としたダイニングキッチンに早変わり。

木目と白い壁に囲まれて、イケアか大塚家具の展示場みたいな雰囲気で。

ちょっと心臓が痛いぐらい、明らかに新婚さんの風景だ。

「アヅキ……口に合わなかっただろうか」

なんのパーティーですかと言われそうなほど、テーブルに並べられた料理の数々。

たぶん、テンゴ先生が全部作ったのだと思う。

それなのに、またあたしはムスッとしたままテーブルでそれを眺めているだけ。

向かいに座ったテンゴ先生が、申し訳なさそうにワインを注いでくれている。

「これ、なんのつもり？」

横柄な態度でフォークひとつ持っていないなんて、テンゴ先生の夢でもあり得ない。

さっきのパターンなら、あれも葵ちゃんだろう。

今度こそ連れて帰ろうとしたら、泥沼に腰までハマッたように両脚が動かなかった。

「な――ッ！　やるな、葵ちゃん！」

相変わらず輪郭に黒いモヤがかかっている「あたし」が、肩越しにこっちを見た。

捕まえさせないつもりだろうけど、負けないからね！

「フン――ッ！」

そう意気込んで脚にフルパワーをかけても、何かが脚に絡みついて前に進めない。

ダイニングキッチンの入口からテーブルまでが、遠いのなんの。

「今日は、俺たちの結婚記念日だ」

「……そうだっけ」

ほらぁ、やっぱり結婚してる設定じゃないの！

って、声まで出せなくなったんだけど!?

ヤメてヤメて、テンゴ先生にそんな素っ気ない態度を取らないで！

そこまでするのは、さすがに可愛げがないと思うよ葵ちゃん！

「記念にと思い、これも作ったのだが」

どこからともなく、テンゴ先生がペンダントを取り出した。

そのトップには、ここから見てもわかるほどの光り輝く宝石が取り付けられている。

「そういうの、重いんだって」

「……え？」

うおぉぉぉぉ――ッ、誰かあいつ止めて！

なにが重いの、それ何キロあるの！

見るに堪えなすぎて、激しく胸が張り裂けそうだア――ッ！

「この料理だって、そう」

「……アヅキの好きな物ばかり、作ったつもりなのだが」

「こんなことされて、あたしがどういう気持ちになるか分かる？」

バッカ、嬉しいに決まってるでしょ！

そんなの「恵まれすぎてるあたしってサイコー」って、思うに決まってるでしょ！

「先生さぁ――」

「なぜ、いつまで経っても『テンゴ』と呼んでくれないのか」

ひとつ大きなため息をついて、あたしが肩を落とした。

「――完璧すぎるんだよ」

「言っている意味が、わからないのだが……」

「そのまんまよ」

「……それは、どういうことだろうか」

「医者でイケメンで、料理ができて手先が器用で。なんでもできて全部カンペキとか……あたしの、女としての立場がないじゃん」

いらない、いらない、いらない！

なにもできないあたしが努力しないで愛されるなら、だいたいＯＫだっての！

そもそも立場がないなら、自分を磨いて立場を作ります！

磨いて磨いて削れてなくなる寸前になった、高純度の七木田亜月になるっての！

「そ、そうか……それは、すまないことをした」

「こういうことをされ続けるとさ。あたしが釣り合ってなさすぎて、惨めになるんだよ」

プチッ、と頭の中で何かがキレた。

「コラァ――ッ！　そこまでにしなさいッ！」

思いっきり声が出せた瞬間、世界の空気がドンッと振動した。

テーブルのテンゴ先生と憎らしいあたしも、こっちを見ている。
あーこれ、逃げようとしてるパターンだ！
今度は逃がさないからね、葵ちゃん！
「フ――ンッ！」
脚に絡んだ見えない粘り気に、少年マンガ並みの努力と根性で逆らう。
早くしないと、また「あたし」の輪郭が黒くボヤけて消えてしまう。
なにより、左目に浮かんでいる平常心メーターがヤバい。
だってもう、60を切りそうなのだ。
確か白澤さんは、浮上まで50は残しておきたいと言っていた。
ここで決着を付けないと、テンゴ先生の深層心理世界に溺れてしまう。
「アヅキ！」
「ふぇあっ⁉」
いつの間にか目の前に来ていたテンゴ先生に、全力で抱きしめられた。
ダメダメ、このパターンはさっき――。
また先生に、思いっきりキスされた。
あぁもう、どんだけ深層心理でキスしまくってるんですか。
素直に起きてる時、ガンガンしても構わないんですけど……天邪鬼だからなぁ。

「これは、悪夢だったのだな……これが、本物の」

「待って、先生！　さっきもこれやってて、逃げられたんで！」

「なぜ……なぜ、どのアヅキも『テンゴ』と呼んでくれないのか……これも悪夢なのか」

「いやいや、あたしは――」

きつく抱きしめたまま、離してくれる気配がない。

その間にも、テーブルの「あたし」がまた消えかかっている。

どうすっかなこれ、名前を呼んだら離してくれるのかな。

「――テ、テンゴさん？　ちょっと苦しいから、は、離してくれるかナ？」

うおぉぉぉぉ――ッ、ＭＡＸ恥ずかしい！

名前呼びって、こんなに恥ずかしいモンだっけ⁉

「エ？」

パァッとテンゴ先生の顔が桜色に崩れた瞬間、また空気が激しく振動した。

案の定、景色が先生ごと砂のように吹き飛ぶ。

「待っ――」

またすぐに世界は形を整え始めたけど、そこはもう新婚のキッチンではない。

別の夢にステージ・チェンジしたのはわかったけど。

「――これはダメだよ、葵ちゃん」

開けられた窓からの風に、白いカーテンがなびいている。

落ち着いたグレーの床に、クリーム色の壁。

その壁を頭側にしてベッドがふたつ、向かいの壁にも同じようにふたつ。

整然と並べられたベッドには真っ白い清潔なシーツが掛けられ、穏やかな日差しに輝いて見える。

間違いなく、ここは病室。

一番窓ぎわのベッドに横たわっているのは、目を閉じて身動きひとつしない老婆。

テンゴ先生はいつもの白衣姿で、イスに座ってそれをずっと見つめていた。

「アヅキ……いつか、こんな日が来るだろうとは……思っていたが」

そう、たぶんあの老婆が「あたし」なのだろう。

もちろんテンゴ先生は、なにひとつ変わらない姿。

これは夢だからあり得る状況ではなく、現実にもあり得ること。

だって先生はあやかしで、あたしは人間。

いくら毘沙門天を背負ってても、寿命を延ばせるわけじゃない。

わかってることだけど葵ちゃん、これは見せちゃダメな種類の悪夢だよ。

「葵ちゃん。帰ろうか――」

その瞬間、また見えない粘り気が脚に絡みついた。

でもダメ、さすがにこれには付き合ってあげられないよ？

「――平常心もヤバいし、今度こそ帰るよ葵ちゃん」

軽く脚を払うと、いとも簡単に粘り気は消えた。

変に動揺するから現実味を帯びるだけで、やはりここは非現実の世界。

なるほどね、ようやく白澤さんの言ってた意味が理解できたよ。

「来るな」

そう言って立ち上がったのは、白衣のテンゴ先生だった。

「あー、先生。ちょっともう、時間がないんで」

「聞こえないのか、死神《しにがみ》。来るなと言っているんだ」

「え？　死神……って、あたし？」

「選《よ》りに選《よ》って、出会った頃のアヅキの姿で現れるとは……いい覚悟だ」

「先生、大丈夫です。あたし、亜月ですから」

「俺は医者になってから、おまえら死神に逆らったことはない。だが、これだけは別だ。

それ以上近づいたら、俺は全身全霊でおまえを排除する」

先生は「年老いたあたし」のベッドをかばうように、一歩前へと進み出た。

その表情に、色はない。

「もしそれが叶わぬ摂理だと言うのなら――」

なぜか先生は、いきなり白衣を脱いで袖をまくり上げた。

その腕には、以前あたしがしてもらったような点滴のラインが刺さっている。

「——俺を一緒に連れて行け」

「な……なにしてんですか、先生」

その点滴の先には、透明な液体で満たされた大きな注射器が繋がれていた。

「これにはプロポフォールとカリウムが、極量《きょくりょう》の3倍入っている。アヅキのいない世界に、俺が存在する理由はない」

「危ないですから、それ抜いてください！」

「アヅキの代わりなど、どこにもいない。だから俺は、これでいい」

そう言って先生は表情を失ったまま、頬に一筋の涙を流した。

先生は本気なのだ。

「ごめんなさい、先生……思ってた以上に、夢の中で辛い思いをしてたんですね……」

「おまえらが決して謝らない種族だということぐらい、知っている」

「葵ちゃん。これはやっちゃダメなことだって、わかるでしょ？」

「アオイ？　おまえは何を言っているんだ？」

「あたしは怒ってるわけじゃないの……ただ、悲しいだけなの。テンゴ先生も、悲しいだけなの。それでも葵ちゃんは、まだこれを続けるの？」

動揺する先生のうしろで、年老いたあたしはまだ寝たふりをしている。

そう、あれは葵ちゃんの思念――賢い子だから、きっとわかってくれるはず。

あたしの平常心は、ついに50を切ってしまった。

これが本当にラストチャンスというか、もしかするとギリギリアウトかもしれない。

「……ごめんなさい」

その声に思わず振り返った先生が見たものは、年老いたあたしではなく。

年齢相応の姿をした、５歳の可愛い葵ちゃんだった。

「ありがとう、わかってくれたんだね。葵ちゃんはテンゴ先生が、大好きだもんね？」

「テンゴせんせーも、ごめんなさい……」

「これは……どういう、ことだ？」

「まぁそれは、起きたら話しますんで。帰ろうか、葵ちゃん」

ゆっくりベッドを降りてるけど、ごめん急いでくれるかな。

平常心メーター、もう40しかないんだよね。

「ごめんなさい、ナナアヅ」

「ん？　いいの、いいの。ささ、ちょっと急ぎ足で帰ろうか」

そう言って、葵ちゃんと手を繋いだものの――。

待ってよ白澤さん、帰り方を教えてなくない⁉

雲を突き抜けて空へ上がるって、どうすればいいのよ！

「白澤さん！　聞こえてますか、白澤さん⁉」

『あ……さん、聞こ……けど……しま……た……』

うおっ、マジでこれヤバいじゃん！

ちょちょ、待って待って――動揺したら、さらに平常心メーターが減ったし！

「あ、葵ちゃん⁉　帰り方、わかる⁉」

首を横に振るだけの葵ちゃん。

そりゃあ知ってたら、とっくに戻って来てたよね。

「テンゴ先生、知ってます⁉」

「エ……？　あんた、誰？」

「あたし、アヅキ！　こっち、アオイ！　ここ、先生の夢！　ＯＫ⁉」

もうカタコトの日本語になっちゃったけど、許してください！

早く理解してください、葵ちゃんも怯えてますから！

「……まぁ、死神っぽくはないようだが」

「お願い、先生！　夢から覚める方法！　深層心理から抜け出す方法、教えて！」

「つまりここから、いなくなると？」

あーっもう、そんなに悲しげな顔をしないで！

現実に戻れば、いつでもそばにいますから！

「戻ったら、さっきの続きもできますよ!?」

「いや。これは、あまり繰り返したくない」

「あーっと、これじゃなくて！　さっき、ほら前の夢でやってたヤツの続きですよ！」

「……俺は、なにをしていたのだろうか」

ですよね、だいたい夢って覚えてないですもんね！

けど、もう少しで平常心が30になっちゃう！

葵ちゃんの手を離さないようギュッと握ったまま、先生に軽くキスをした。

「これ！　これの続きをしましょう！」

あたし、夢の中で先生に何回キスしてんの！

だいたいこの続きって、なにをするつもりなの！

「了解した」

「早《はや》っ！」

「これが悪夢だとするなら、貘の力を借りて入って来たのだな？」

「ですね、白澤さんです！　わりとテキトーな人です！」

「では、目覚めるには浮上すればいい」

「だからそれ、どうすればいいんですか！」

「大きく息を吸って——」

「吸って!? ほら、葵ちゃんも! はい、スーッて!」

「う、うん……」

「——止めて」

たったそれだけで、あたしと葵ちゃんの足は病室の床から浮き始めた。

こんなに簡単でいいのかと思って上を見たら、当たり前だけど天井が迫っていた。

「て、天井は!?」

「大丈夫だ、突き抜ける。あとはゆっくり呼吸をしながら、ただ上に昇るイメージを持ち続ければいいだけだ。それより、アヅキ——」

見あげる先生を見おろす頃には、平常心メーターは28!

頼むよ、お願いだから浮上までもってね!

「なんですか、先生!」

「——さっきの続きというのは、その」

そのまま病院を突き抜けてしまい、そこから先を聞き取ることはできなかった。

▽ ▽ ▽

テンゴ先生の深層心理から「平常心切れ」ギリギリで、なんとか葵ちゃんを連れ戻し。

気づいたら、現実でも全身びしょ濡れだった。

泣きながらあたしを抱きしめてくれたのはナゼか、執事姿の八田さんで。

すべてを知っていたのか、熱いお風呂を沸かしてくれていた。

「あー、サッパリした」

現実世界では長く姿を維持できないのか、連れ戻した葵ちゃんの思念はすぐに消えた。

タケル理事長は、葵ちゃんへの「呪い返し」にならないか心配していたけど。

白澤さんが言うにはキチンと納得して「サルベージ」したので、それは大丈夫らしい。

なんかピンチの連続だったけど、とりあえずこれで一件落着した感じかな。

「あれ……どうしたんですか、理事長」

バスタオルで髪を拭きながら、みんなのいるキッチンに行くと。

怒られている生徒のように、タケル理事長が直立不動だった。

「しっ。今ちょっと、八田さんがアレだから」

「アレって？」

テーブルには相変わらずの執事服で――珍しく、八田さんはイスに座っていた。

しかも、膝に猫をのせて撫でている。

いつもはイスを勧めても、絶対に座ろうとしないのに。

ていうかその猫、前は理事長が抱っこしていたような気がする。

「白澤くん。キミとは長い付き合いだが、頼みごとをするのはこれが初めてのはずだ」

えっ、なんか怒ってない？

テーブルの向かいに座らされた白澤さん、めちゃくちゃ小さくなってるんだけど。

「す、すいません……ちょっと、予想外の信号障害で……」

「たしか、わたしはキミの娘の名づけ親だったと思うが」

「はい、ゴッドファーザー」

なにそれ、マフィアなの⁉

八田さん、裏ではそんな風に呼ばれてたんですか⁉

「亜月様は、わたしの娘も同然。いや、それ以上の存在。いずれわたしは、その子どもの名づけ親にもなるだろう。それを承知のうえで、このような危険な目に遭わせたのか」

待って八田さん、あたしまだ誰の母親にもなってないですよ⁉

っていうか、その前段階にすら進んでないですから！

「いえ、決してそのようなことは……ただ、今回の場合」

「言い訳で事実を変えることはできない。わたしは迷信深いと、あれほど言ったはずだ。亜月様にもしものことがあれば……それが事故であっても、雷に打たれても、風邪をひいても、わたしはキミを憎む。それだけは許さないと、念を押したはずだ」

「……返す言葉もありません、ゴッドファーザー」

「ちょちょ、八田さん⁉」

「おやおや、もうお風呂からお上がりになったのですか？　しっかり温まらないと、深層心理は体を冷やしてしまいますので」

やっと気づいてくれた八田さんは、いつもの優しいイケオジ執事の顔になっていた。

そそくさとドライヤーを持ってこようとするのを、引き止めるので精一杯だ。

「待って、八田さん。もしかして……白澤さんのこと、怒ってます？」

「とんでもございません。怒りは不幸で、無意味なもの。亜月様とテンゴ院長先生が無事ならば、それでよかったのですが……」

「ですが……？」

「……ダイビングのインストラクターがついておりながら、平常心ギリギリで浮上するなど、あってはならないこと」

「まぁそれは、ちょっとアレでしたけど……でも、なんとか無事に」

「ましてや亜月様は、わたくしがお仕えする唯一のファミリーで大切なお方。このような失態の責任はすべて、手配したこの八田孝蔵《こうぞう》にあるかと思うと――」

クッと顔を背けて、八田さんが唇を噛んでいる。

「ないない！　八田さんにも白澤さんにも、責任ないですって！」

「しかし、現に」

「ねぇ、見て見て！　ほら、あたし大丈夫でしょ⁉」

「亜月様をこのように危険な目に……わたくし、自分の至らなさに愛想が尽きます」

八田さんの愛、わりと真剣に切腹しそうで怖いですから！

っていうか八田さん、下の名前は孝蔵だったんですね。

「もう、ヨシにしましょうよ。葵ちゃんも戻れたし、あたしも元気だし。だいたいＯＫ、結果オーライでしょ？　ね？　八田さん」

「なんと、お優しい……亜月様は、亜月様は……一生、このわたくしが命に代えても」

「だから、泣かないでくださいって。あと、すぐ命と引き替えにしないように。ほら白澤さんも、そんなに頭を下げなくていいですから」

「まさか、亜月様。あの獏もお許しになると？」

「許すもなにも。白澤さんがいなかったら、葵ちゃんを連れ戻せなかったですからね」

流れる涙もそのままに、八田さんはウンウンとうなずいている。

かと思うと、いきなり厳しい顔に戻って誰かを呼び寄せた。

「マイキー。ダニー」

「誰っ⁉」

「オレたち、ス《S》クワッド・オ《O》ブ・プ《P》リンセス――」

「——亜月様が地獄に咲く花をご所望とあらば、笑って摘《つ》みに参ります」

いつの間にか背後に立っていたのは、八田さんのふたりの息子。

相変わらず特殊部隊っぽいけど、まさか足音もなく忍び寄るとは。

「白澤くんを空港まで送って行きなさい」

「やっべ！　アニキ、やべぇよ！　亜月様、風呂あがり！　超かわいい、超かわいい！」

「Oh《おう》……やべーな、これ……直視ムリ、マジで……やべーな」

名乗りと素の違いも、相変わらずだったけど。

八田孝蔵の息子の名前がなんで——ってまぁこの世界、なんでもアリか。

「行け《ムーブ》、バカ息子ども」

「了解《コピー》！　やっべ！　なんか親父《ダッド》、ちょー怒ってる！」

「Oh《おう》……やべーな、これ……なにやったのアイツ、マジで……やべーな」

ふたりに連れられて出て行った白澤さんは、なんだか逮捕されたみたい。

あとで改めてお礼を言っておかないと、可哀想すぎるや。

そんな光景を見ながら、直立不動だったタケル理事長がようやくテーブルに戻って来た。

あの状況にポツンと置かれているのは、わりと辛かったでしょうね。

「ふーっ。八田さんのまじギレ、久々に見たわ。いつナイフを抜くかヒヤヒヤしたし」

「年甲斐もなくお見苦しい姿をさらしてしまい、大変申し訳ありませんでした」

「もう八田さんをコントロールできるの、亜月ちゃんかテンゴしかいなくね？」

「とんでもございません。わたくしは、このファミリーにだけ仕えると決めた身。タケル理事長先生もハルジ坊ちゃんも、等しく大切な存在でございます」

そう言いながら八田さんは、いつの間にかカフェラテを淹れてくれている。

執事体質が、ホントに染みついてるよね。

「で？　テンゴ、どうする？」

タケル理事長の言っている意味がわからない。

どうするもなにも、これで一件落着のはずだ。

「どうするって……どういう意味です？」

しまったという顔をして、タケル理事長は八田さんに視線を逸らした。

少しだけ振り返った八田さんも、なにも言わない。

「ちょっと、え……？　なにそれ、テンゴ先生は？」

「まぁ落ち着けよ、亜月ちゃん」

「いやいや、いや。だって葵ちゃんは連れて帰ったし……えっ？　あたし、なにかミスりましたか……っていうかテンゴ先生、今どうなってるんですか!?」

嫌な予感しかしない中、八田さんがあたしの好きなミルク割合のカフェラテをくれた。

タケル理事長には、ブラックのコーヒーを。

でも、テンゴ先生の分がない。

「あ、あれかな……あたしが夢の中で無茶したから、疲れてまだ寝てる……とか？」

大きくため息をついたのは、タケル理事長だった。

「いいよ、八田さん。オレから言うわ」

「なっ——テンゴ先生に、なにがあったんですか⁉」

「テンゴ、『追いがけ』されてた」

「……はい？」

「まぁ、見た方が早いか」

そう言ってタケル理事長は、どこからかポータブル・モニターを持って来た。

美味しいはずの手作りスコーンを八田さんに出されても、今日は味がわからない。

「これ、ダイビング中の録画なんだけどよ」

「録画って……あたしの？ えっ、観てたんですか⁉」

「安全のため、白澤くんの脳波を経由してナ」

どうりで、八田さんが妙に怒ってるワケだ。

けどそれ、テンゴ先生とキスしてるシーンも——まぁ、今はそれどころじゃない。

そっと肩に置かれた八田さんの優しい手が、非常事態を物語っている。

「ここ。亜月ちゃんが病室から葵ちゃんを引き上げた、直後なんだけどよ」

それはあたしが勢いでテンゴ先生にキスして、浮上したあと。

名残惜しそうに天井を眺めていた先生が、不意に背後を振り返った。

「なにこれ！」

勢いよく窓を突き破り、巨大な黒い『何か』が入って来たかと思うと。

そのままテンゴ先生を巻き込んで、病室の背景ごと連れ去っていった。

そこで録画はブツンと切れ、画面は真っ暗になった。

「なにが起きたのか、オレも最初はわかんなかったんだけどよ。八田さんが言うには、ごく希《まれ》にある『呪いの追いがけ』じゃねェかって」

「追いがけ⁉ なんですか、それ！」

振り返ると、八田さんはどうしていいか分からない顔をしている。

石垣でも、千葉の里山でも、港区の一軒家でも。

いつも八田さんは、心強くあたしのそばにいてくれたのに。

「亜月様。申し上げにくいのですが、ほぼ間違いないかと」

「それって……また葵ちゃんが、ってことですか？」

「いえ。橋姫のお嬢様は、すでに亜月様が手を引いて浮上している最中でしたので。出現したタイミングを考えると、これは別の個体からのものと考えた方が良いかと」

「別の人もテンゴ先生を呪ってるってこと⁉」

「呪いの追いがけとは、言葉を換えれば『便乗』とも『誘爆』とも言います。今回の場合、橋姫のお嬢様が送られた想いに、それと同類の感情が『引き寄せられた』と申し上げるべきでしょうか。しかもそれが双方とも『呪い』として発動するのは、ごく希な確率。わたくしも正直、話を聞いたことがある程度にしか経験がございません」

八田さんにチラリと見られ、タケル理事長が必死にブンブン首を振っている。

タケル理事長でも経験ないぐらいだから、けっこうレアなパターンなのだろう。

「じゃあ別の誰かも、あたしとテンゴ先生を別れさせたいってことですか……？」

「しかも今回は、橋姫のお嬢様の『手』より明らかに強大なもの。呪いとなったその『想い』は、生半可なものではないと考えられます」

「……この江戸川町に、橋姫より強力な別れさせる系のあやかしさんが居るってこと？」

「残念ながら、生き霊や思念の類《たぐい》に物理的な距離は存在しません。たとえ地球を半周した裏側でも、隣室の住人でも、思いが同じならば同じ事象として現れるでしょう」

確かに生き霊なんてただの思念だから、誰でも飛ばせそうなものだけど。

好意を「別れさせる呪い」にするなんて、誰にでもできるものじゃない。

あたしと別れさせるためにテンゴ先生をこれほど弱らせるなんて、どんな——。

「ちょっと、待って！　その前に、テンゴ先生はどうなってるの⁉」

タケル理事長を見ても、八田さんを見ても、視線を逸らすばかり。

これ、嫌な予感しかしないんだけど！

ねぇタケル理事長、いつもの軽い感じでなにか言ってくださいよ！

「起きねェんだよ」

「ハア⁉ それ、どういう状況なんですか⁉」

「生命兆候《バイタルサイン》は安定してんだけど、ともかく目を覚まさねェんだ」

「ど、どうすればいいんですか⁉ あたし、また潜ればいいですか⁉」

タケル理事長は、ぬるくなったコーヒーを一気に飲み干した。

「また潜ったたって、どこの誰の呪いだかわかんねーしよ。正直、オレらにはお手上げだ」

「そ、そんな……ねぇ、八田さん⁉ なにか方法、知らないんですか！」

「あのお方に、伺うしかないかと……」

「……あのお方？ まさか、うしろの？」

またアイツにドヤ顔をされなきゃならないんですか⁉

でもわかりました、あたしがなんとしてでも引きずり出してやります！

あのライブで降臨《こうりん》して以来、ちっとも姿を見てないですけどね！

【第3章】 恋愛百物語

スタスタと、テンゴ先生の部屋に向かっていると。

そのあとをタケル理事長とハルジくん、そして八田さんが部下のようについてくる。

これが最近やたら見ることの多い、スタイルというか陣形だった。

「亜月ちゃーん。来週の外来、どうするよ」

「妊婦健診《にんけん》のある曜日は、できるだけ利鎌先生に一般診療もお願いしましょう」

「おっけ。聞いてみるわ。他の曜日は？」

「利鎌先生はフリーランスとはいえ、他にもお仕事をされています。それを全部キャンセルしてもらって、ウチだけがお願いするワケにはいきませんから」

「じゃ、休診にする？」

まったく、タケル理事長はすぐ休みにしたがる。

そんなことだから、いつまでも黒字が伸びないんですよ。

「ダメです。それじゃあ、あやかし患者さんたちも困ります。それから、テンゴ先生が出張で診ていた患者さん。その近隣にあるあやかし系医院との提携、取れました？」

「あー、今やってっけど……休診日に出張だか往診なんて、誰もやりたがらなくてよォ」

「そこは、タケル理事長の方で……なんとか、都合できないですか」

「んなの、金を積むしかねェじゃん」

「……それで、動いていただけそうなんですか？」

「まぁ、何人かはな。テンゴみたいなヤツの方が、珍しいってモンだ。けどそれやっちまうと、ウチは丸っきり赤字に転落だぞ？」

こうなって初めて、テンゴ先生のやってきた往診や出張がどれだけすごいかわかる。休みの日には、誰でものんびりしたいのが当たり前なのだ。

「八田さん。そのあたりの金銭面、なんとかなりませんかね」

すっ、と無音で隣に並んだ八田さん。

その仕草は、ガチの執事と言っていいと思う。

「夜間休日診療と往診代に2割プラスまでのご提示なら、中長期的にはあとから回収できる限度ギリギリの額ではあります」

「……それで引き受けてもらえるなら、安いものかもしれませんね」

「かしこまりました」

「それと。ウチの外来をスポットか非常勤でやってもらえそうな、関東近郊のあやかし系ドクターは見つかりそうですか？」

「新潟の女医さんですが、ひとりだけご連絡をいただきました。『氷柱女房《つららにょうぼう》』のクォーターなのですが……育休明けすぐのうえ、暑い季節にはあまり遠出ができないと」

「新潟、ですか。送迎はなんとかするとして……お子さんの面倒を、どなたか見てもらえるんでしょうか」

「そのあたりが、いま調整中でして」

「小学校にあがるまでのお子さんは、保育園からの呼び出しが避けられないと思います。絶対に御迷惑のかからないよう、無理のないように話を進めてください」

「御意」

「ねーねー、あーちゃん。ぼくの薬局は閉めていいんでしょ？」

のんびり一番うしろを、自分は関係なさそうに歩いていたハルジくん。

そんなワケにはいかないですからね。

あたしたちは、ファミリーなんですから。

「毎日、開けてちょうだい。ノド飴とか栄養ドリンクとかオムツとか、あと生薬だけでも取り扱えるでしょ」

「ええっ!?　なんで、ぼくだけ！」

「西尾《にしお》さんがいるんだから、責任もって」

「は？　カズちゃんが、なんの関係あるの？」

「給料、どうするのよ」

「大丈夫だよ。ぜんぶ有休にしてもらうから」

「ダメです」

「なんで、ぼくだけ全部ダメなんだよ！」

「ハルジくんだけの問題じゃないの。有休っていうのはね、本人の意志で自由に取る『権利』なの。会社都合で取らせるワケにはいかないの」

って、八田さんから教えてもらったの。

ほんと、こういうのって意識して勉強しないとダメだわ。

あたし間違いなく経営者には向いてないよね、タケル理事長のこと言えないよ。

「……なんだよ、あーちゃん。急に経営者みたいになっちゃってさ」

「あたしだって一応、背中に『財宝富貴《ざいほうふうき》を司る』アイツを背負ってんの。できることをやんなきゃ、テンゴ先生が今までやってきたことが全部ダメになるでしょ」

「はいはい、はーいだ」

ハルジくん、そんなに口を尖《とが》らせないの。

「亜月ちゃん、いい女になったなァ」

タケル理事長、こういうことは仕切ってくれてもいいんですよ？

「本当に亜月様は、ご立派になられて。わたくしも、仕え甲斐があるというもの」

やっぱ頼りになるのは、ガチ執事になりつつある八田さんだけかなぁ。

「ともかく。もうこれ以上あの『バカ仏』が出て来るのを待っても、ムダですから」

「タケさん。最近のあーちゃんって、なんか怖くない？」

「オレは気の強いしっかり者の尻に敷かれて生きて行くの、わりと好きだけど」

だから今日は、強制的にアイツを引きずり出すつもりでいる。

もちろん、その場にはテンゴ先生にも居て欲しい。

そう思いながらも最近、テンゴ先生の姿を見るのが辛くてたまらない。

「先生……入りますよ？」

相変わらずノックに返事もないし、部屋の鍵も掛けていない。

暖色系の間接照明の中――。

静かに身動きもせず、テンゴ先生はソファにずっと座っている。

「おーい、テンゴぉ。起きてるかァ？」

「テンゴさーん。ちょっと外来まで行くけど、大丈夫？」

ふたりが声をかけると、テンゴ先生はゆっくりと振り返る。

でもその表情に、色はない。

「テンゴ先生？　立てそうですか？」

「アヅキ……そうか、もう昼食の時間か」

その少しだけ浮かんだ笑顔を見ると、どうしても泣きそうになる。

先生は本当に、あたしの作った「あのお弁当」しか食べなくなってしまった。

他の物は食べないのか「食べ物と認識していない」のか、口に運ぶことはない。

点滴とほぼ同じ糖分と塩分になるよう調整し、人体に必要不可欠な成分を混ぜて作ったハルジくん特製のドリンクをなんとか飲んでもらい、体調をギリギリ維持しているだけ。

「ヤ、ヤダな先生。朝ごはん、食べたばっかりじゃないですか」

「そうか。そうだった……かな」

あたしのお弁当すら食べられなくなったら、鎖骨の下にある太い静脈に管を刺して高カロリー輸液をすると、産科の利鎌先生からは言われている。

そんなことになる前に、あたしが絶対なんとかしますから。

先生の無造作ヘアーを撫でて直すと、人目も気にせず無意識に抱きしめてしまった。

「あぁ……アヅキ、なんだな」

「そうです、あたしです。さぁ、今日はちょっとがんばって外来まで歩きましょうか」

八田さんとタケル理事長に肩を借り、テンゴ先生はようやく立ち上がることができた。

こんな姿、これ以上は見ていられない。

「そうか。今日は、外来を開ける日だったか……」

「違います。今日はアイツを引きずり出して、先生をなんとかしてもらうんです」

「……あいつ？」

不安定な足取りのテンゴ先生を連れて、外来の待合室に出ると。

設置された大きなモニターと、大きなスピーカーが目に入った。

そして先生を心配して待合室いっぱいに集まってくれた、多くのあやかしさんたち。

その中には、心配そうな顔をした葵ちゃんと司くんの姿もある。

みんなお花やお見舞いの品を持ってこようとしてくれたけど、まったくあたしのワガママで、気持ちだけいただいてあえて断らせてもらった。

それを受け取ったら、本当にテンゴ先生が遠くに行ってしまう気がしたからだ。

「先生、ここに座ってください」

「そうか……そうだな」

モニターの一番前に並べられたふたつのイスに、先生とあたしが座った。

なにも理解できていない先生に穏やかな顔で手を握られると、心が張り裂けそうだ。

「じゃあ、八田さん。始めてください」

天井までありそうな大きなモニターに、電源が入った瞬間。

来ていたあやかしさんたちから、軽い歓声が上がる。

今日はみんなが「告白ライブ」と呼んでいる、前回アイツを引っ張り出すために仙北さんのビルの屋上で執り行った「毘沙門天大祭」の録画を上映する予定だった。

「あのー、亜月様ぁ――」

観客席で手を挙げて立ち上がったのは、イワナ坊主の岩井《いわい》さん。

「――今日は、おれたち毘沙門天王和讃《おうわさん》同好会、全力で叫ばせてもらわなくてもいいんですか？　アカペラでも、わりとガッツリやれますけど」

「岩井さん、ありがとうございます。でも今日は、この方がいいんです」

不思議そうな顔をして、和尚魚《おしょううお》の魚住《うおずみ》さんと目《め》ひとつ坊《ぼう》の夏目《なつめ》さんと、そろって首をかしげている。

「八田さん。お願いします」

そう告げると外来の電気が落ちて、スクリーンにライブステージが映し出された。わりと記録好きだったタケル理事長が録画していてくれたおかげで、ライブビューイングでも観ている様な臨場感であの日が再現される。

ちょっと前のことなのに、今ではもうずいぶん昔のことのようだ。

『――毘沙門天はァ、世界一ィッ！』

『沙《しゃ》アッ！』

大きなスピーカーのおかげで、サラウンド感満載。

やがて画面ではステージと客席がヒートアップするほどに、木組みから上がる炎も高く空へと昇っていく。

もちろん、モニターの中での話だ。

『ウォォォォ――ッ、おん　べいしら　まんだやァ――そわかァッ！』

血管が切れるほどサビを叫び続ける岩井さんと、それに応えるオーディエンス。

なんともいえないトランス感が、あたしの全身を覆った時。

「――出て来なさいよ、バカ仏」

背中から羽化《うか》するように姿を現す感じで、手足の感覚も意識もそのまま残っている。

あたしの背中からメラメラと炎も上がらず、ふわっと何かが分離した。

『てめッ――ふざけんなよ、コノヤロウ！』

その瞬間、モニターが消えて待合室の灯りがついた。

みんながザワザワしている中、姿を現したのはあの毘沙門天。

　槍みたいな長い棒とミニチュアの塔を手にした、相変わらずのしかめっ面野郎。

　なにを願っても媚《こ》びてもダメだったけど、さすがにこれは効いたでしょ。

「あ、来た来た。早速で悪いんだけど、あんたに頼みが」

『待てコラ、亜月！　軽くタクシーでも呼んだ感じになってんじゃねぇよ！　なんだコレ、なにしてくれてんだ！　意味わかっててやってんだろうなァ！』

「意味って、アンタのために毘沙門天大祭をしてやったんでしょうよ」

『ハァ!?　なにが「大祭」だ！　こんなん、録画じゃねぇか！　上映会じゃねぇか！　フツーはもっと切なる願いとともに、祈りを込めて』

「アンタどうせ、なにやっても出て来ない気だったでしょ！」

　もうね、だいたいアンタの性格わかってきたの。

　こっちが下手に出てりゃいい気になって、いつまでも出て来やしない。

　だから逆にこうして粗末に扱ってやれば、どうせ短気を起こして出て来ると思ってね。

『なんだとォ!?』

「人がどんだけ媚びてもへつらっても、ちっとも姿を現しやしないじゃん！　なにを見通してドヤ顔で高みの見物してるか知らないけど、いったい何様のつもりよ！」

『バカじゃねぇの？　仏様に決まってんだろ!?』

「自分のこと『様』づけで呼ぶとか、もうすでにその時点でイタイ奴確定してるから」

『だいたい、人事を尽くして仏を待つのが』

ブチン、と頭の中で何かがキレた。

「うるさいなぁ。あたし今、そういう余裕ないから」

『なんだと、コノヤロウ……』

重苦しい雰囲気の中、誰ひとり口を開く者はいなかった。

そりゃまぁ、毘沙門天と口ゲンカなんて考えられないだろうけど。

「テンゴ先生はね。夢の中で、あたしを守って死神とも対峙《たいじ》してくれたの。だからあたしは毘沙門天《アンタ》とぐらい、いくらでもやりあってやるって決めたの」

『おま……死神と仏を同列に扱うとか』

「向こうへ連れて行くって意味じゃ、似たようなモンでしょ」

『クッ――肝《きも》の据《す》わった女になりやがって』

仏のクセにブツブツ言いながら、スクリーンの前にイスを持ってこさせた毘沙門天。

まるで映画の特別試写会で、出演者がトークショーをしているみたいになった。

だいたいなんで仏がイスに座ってんのよ、立ってなさいっての。

『……饅頭《まんじゅう》とか、ねぇのか』

「ハァ？　誰もアンタが甘党かなんて、聞いてないんだけど」

『お供え物ぐらい出せっての！　あと、お茶！　玄米茶な！』

油性ペンで、顔に鼻毛でもラクガキしてやろうかと思っていると。

八田さんがアワアワしながら、誰かが持って来たお饅頭とお茶を差し出した。

ごめんね八田さん、気を使わせちゃって。

「それで満足した？　ほら、テンゴ先生のこれ。なんとかしてよ」

『あー、それなァ……もぐもぐ』

「ノンキに食べてないで、なんとかしてくれって言ってんの！」

『待てや！　お供え物を食う余裕ぐらい、あんだろォがよ！』

「耳アカ詰まってんの⁉　あたし今、そういう余裕ないって言ったでしょ！」

あっ、大丈夫ですよ八田さん。

なんだかんだ言ってコイツ、あたしの背中に住んでる間借り人みたいなモンですから。

渋々と、急いでお饅頭を玄米茶で流し込んだ毘沙門天。

熱《あっ》つ、とか言って猫舌でやんの。

『まぁ、だいたいのこたぁ見てたんで知ってるが』

「は？　見てたの？　てか、もしかして一緒にテンゴ先生の悪夢に潜ってたとか？」

『そりゃあ、守護霊だからよ』

「……まさか、それで白澤さんとの通信が悪くなったんじゃ」

『あぁ。仏の密度ってのは、ハンパなく濃いからなァ』

「なッ――」

めちゃくちゃ慌てた八田さんに頼み込まれて、仕方なく怒りを抑えたけど。

アンタ、誰も見てなかったら間違いなく粗大ゴミシール貼って玄関に放り出してたよ。

『なにを入れられたんだか……』

不意に立ち上がった毘沙門天が、テンゴ先生の胸に広げた手を伸ばした。

「ちょっと！　テンゴ先生に触るなら、手ぐらい洗ってきなさいよ！」

『うるせぇな！　仏をフケツ扱いしてんじゃねェ！』

「な、なにする気なの⁉　先生に酷いコトしたら、あたし」

ムッとしたのか、毘沙門天はそれには答えず。

ゆっくりその手を、ずぶりとテンゴ先生の中へ差し入れた。

テンゴ先生がこれといって苦痛そうにしていないので、黙って見ていると。

なにかに触れたようで、毘沙門天はそれを手触りで確認しているようだった。

『……あぁ、これかァ』

「なにかあった？　取り出せそう？　また潜ればいい？」

なにも握らず手を抜いた毘沙門天は、ふうっと大きなため息をついてイスに座った。

テンゴ先生は不思議そうに胸元を見ているだけで、様子に変化はない。

『おまえらが予想したとおり、これは「呪いの追いがけ」だな』

「やっぱり……また『縁切りの呪い』を解かなきゃいけないんだ……」

『そう簡単なら、いいけどなァ』

「どういうことよ」

『呪いの引き金ったって、色々あるだろ？　情念、恋慕《れんぼ》、劣情《れつじょう》とか？　まァ人間には、白黒つけられねぇモンが色々あるってコトだよ。ただ間違いなく、コイツの深層心理に物理的干渉を繰り返すのは、もうヤベぇだろう』

「じゃあ、どうすればいいの……」

『この手のやつには【恋の百物語】をするしかねェな』


その場にいた誰もが、顔を見合わせている。

怪談百物語は有名だけど、それの恋愛版なんて聞いたことがない。

「アンタさぁ、テキトーなこと言ってない？」

『ハァ？　なんで』

「毘沙門天って、武神《ぶしん》だか財宝富貴を司るって言われてるんでしょ？　それを【恋の百物語】とか、自分で言ってて恥ずかしくない？」

『まったく、これだから一切善悪凡夫人《いっさいぜんあくぼんぶにん》は』

「なんかそれらしいこと言ってディスってないで、説明しなさいって」

もの凄くイラッとする横柄な態度も、今は赦《ゆる》してやろうじゃない。

けどテキトーなこと言ってるんだったら、誰が止めても次の粗大ゴミに出すからね。

『この毘沙門天様はなァ、調布の深大寺《じんだいじ》じゃあ十六善神《じゅうろくぜんしん》の深沙大王《じんじゃだいおう》と崇められる、縁結びと恋愛成就の神さまだ』

「仏なのに神とか、なに言ってんの？　バカなの？」

『バカって言うヤツがバカなんだよ！　いいから恋話《バナ》、１００個集めて来いや！』

「あたしがひとりで⁉　みんなで持ち寄るんじゃなくて⁉」

『バーカ。オメーと天邪鬼の問題だろうが。そこだけ仏を頼るな』

「あんたは手伝ってくれないワケ⁉」

『それが恋バナかどうか、ジャッジだけしてやンよ』

「ハァ⁉　なにそれ！」

『うるせぇなァ！　やンのか、やらねェのか、どっちなんだよ！』

「や……やればいいんでしょ！　恋愛話を集めてくるぐらい、どうってことないから！」

なんか恋愛系でもエラいヤツだったらしいから、とりあえず信じてあげるけど。

人の恋バナ１００個って、どんだけ大変か分かってんでしょうね。

あと「バカって言うヤツがバカなんだよ」って言ったヤツが、バカって言うなバカ。

▽　▽　▽

江戸川町駅の東口にあるファミレスで、こうして三好さんとお茶を飲んでいると。

つい、嵩生《しゅう》兄ちゃんのことを思い出してしまう。

そういえばあれも恋バナに入れていいか、あとでアイツに聞いてみるかな。

あんまり、思い出したくない気がするけど。

「七木田さーん。大変なことになっちゃったねー」

「えっ？　あ、まぁ……大変なのは、テンゴ先生の方ですから……」

相変わらず作業つなぎの似合う、がっしり系の三好さん。

どうやらあれから、タバコを吸うことはなくなったらしい。

その代わりなのか、チョコバナナサンデーが運ばれて来た。

「大丈夫？　さすがに100個は、イヤになっちゃうよねー」

「ううん、そうじゃないんです。それより、ごめんなさいね。お仕事、大丈夫ですか？」

結局、あたしひとりで恋バナを100個も集めなきゃならなくなったものの。

そんな話を気軽にできる友だちなんて、100人もいるはずがない。

「なんもなんもー、気にしなくていいさー。それよりこれ、どういう仕組みなの？」

「まぁ、あたしもよく分かってないっていうか……イマイチ納得してないんですけどね」

ひとつ怪談をしたらロウソクとか行灯《あんどん》の芯を1本消して、100本ぜんぶ消えた時に「物の怪《け》」が出てくる――これがあたしでも知ってる、【怪談】百物語だ。

まずこの【怪談】を【恋愛話】に置き換えて、あたしがひとりで「聞いて回る」。

本家の百物語と同じようにクリニックの外来にでも集まってもらえればもっとラクなのに、それを「他人まかせ」と言われて禁止される意味がわからない。

ひとり約1時間のアポを取らせてもらい、どうがんばっても1日7~8人が限度。

話をしてくれる人が運良く毎日いたとしても、最短で約2週間かかる。

「おれで、何人目なの？」

「まだ、7人目です……」

あとそれが「恋バナのジャンル」に入るかどうか、アイツがジャッジする謎システム。

なんなのそれ、自分が深沙大王ってアピールしたいだけなんじゃないの？

アイツのOKが出たら本家の百物語と違って、「恋のカケラ」が1個出て来る。

それを100個集めた時、恋の願いが姿を現す――今回の場合は、テンゴ先生に追いかけされた誰かの想いが呪いになったものを取り出してもらうこと。

これが【恋の百物語】の取説《とりせつ》。

ちなみに現在集めた6個のカケラは、なんの一部やら全然わからない。

「そうなんだー。恋の百物語なんて初めて聞くけど、おれなんかの話でいいのかなー」

「ぜんぜんOKですって。むしろ三好さんの恋バナ、あたしが聞きたいってのもあって」

「ははっ。あらためて思い出すと、なんだか恥ずかしいなー」

「でもアイツ、わりと判定が厳しいから……できれば、あまり端折《はしょ》らないように」

「そうかー。じゃあ、最初から話すかー」

「けっこう昔の話なんですか？」

なるべくチョコバナナサンデーが崩れないよう気にしながら、三好さんは話し始めた。

「おれ、こっちに来る前は秋田の田舎にある村に住んでたの。角館《かくのだて》と大曲《おおまがり》の間ぐらいで、秋田新幹線からも46号線からも外れたところさ。わかるかな」

「あ、なんとなく。田沢湖《たざわこ》とか、花火大会ぐらいですけど」

「あの辺り、他は温泉ぐらいしかないからねー。今は合併しちゃったけど、当時は人口も1000人ぐらいだったかな？　っていっても、住める所が山の間と川沿いに散らばっちゃってるから、そんなに顔を合わす人って多くないんだよねー」

「あれですよね。人口のわりに、どこに人が住んでんのよって感じ」

「けどその村は、三吉鬼《さんきちおに》のおれには普通に接してくれる村だったの。おれもクォーターだし、始祖《オリジン》ほど有り難がられたりはしなかったけどさー。変な目で見られることもなく『ああ、あいつは三吉鬼の末裔だから』ぐらいに、軽く流してくれてたのさ。力仕事とか、得意だしねー」

「出た、力仕事。田舎生活で、超重要なやつだ」

「お年寄りも多いしさー。冬の雪かきとかは、ほとんどおれがやってたかな」

「って、すいません。田舎あるあるばっかり言っちゃって、三好さんがちっとも恋バナに入れませんでしたね」

ははっと笑って、また三好さんは丁寧にチョコバナナサンデーをスプーンですくった。

「そうはいっても、お年寄りばかりじゃなくてね。何人か、数えるぐらいは子供もいたのさ。その中に、ちっちゃい頃から、おれに懐《なつ》いてた女の子がいたんだよー」

「おっ、いよいよですね？」

「環《たまき》ちゃん、っていう子でねー。おれ、近所の子どもたちを学校に送り迎えしてたんだけどね。環ちゃんと近い年の子っていっても、普通に4〜5歳とか離れてたの。一緒に遊ぶにしても限度があったかもだし、おれの方がラクだったんじゃないかなー。そのうちおれのこと『ヨッシー』って呼ぶようになって、おれも『タマちゃん』って」

ちゅーっとメロンソーダを飲みながら、ふと疑問に思った。

「そのタマちゃんって、小学生ぐらい……ですよね」

「生まれた時から知ってるけど。特に遊んであげるようになったのは、それぐらいかな」

「……その頃、三好さんっていくつだったんですか？」

「おれの歳?」

「あ、いや……まぁ、あやかしさんなんで……そのあたりは、やっぱいいです」

「ははは、七木田さんは正直だなぁ。確かに東京だと、こんな作業着のイカツいおっさんが女子小学生と遊んでるなんて、犯罪だよねー」

「いや、うん……まぁ、そういう意味では……」

「小学生の頃は山とか川とかで遊んだり、時々だけど勉強を教えてあげたりしてたんだけどねー。中学生になるとそうもいかないし、勉強も難しくてさー」

「ですよね。数学とか、急に別次元のモノになりますもんね」

「けどタマちゃんは、スポーツが得意でね。バスケならふたりでもできるからって、わりとまだ一緒に遊んでたんだよ。っていうか、おれが遊んでもらってたのかな?」

「へー。女子中学生と、1on1のバスケですか」

「元気なスポーツ少女だったのに、だんだん女の子になっちゃってさ。バレンタインに手作りチョコをもらった時は、さすがにビックリしたよー」

「……え? それ、義理ですか?」

「本命だったんじゃないかなー。『好きです』って、渡されたからねー」

「えっ! でで、三好さんは!? なんて返事したんですか!」

「おれもタマちゃんのこと、大好きだよーって」

「えぇ――っ⁉」

　軽っ、ちょ――それ、ヤバくないですか⁉

　相手は女子中学生ですよ⁉

「だって、それが正直な気持ちさー。あんなにちっちゃかったタマちゃんが、ランドセル背負って小学校に入学してさ。それが紺色の制服を着て、チョコを手作りしてくれたんだもの。可愛くて仕方なかったさ。村で一番好きな子だったよね」

「まぁ、そうですけど……それで三好さん、どうしたんですか……？」

「どうした、って……中学生相手に、なにかしたわけじゃないからね？」

「もっ、もちろんそうだと思ってます！　絶対そうだと信じてます！」

「だいたい狭い村で、おれが恋愛や結婚なんて御法度《ごはっと》さ。タマちゃんはごく普通の、可愛い田舎の娘さん。おれは三吉鬼のクォーター。あの村で楽しく生活が送れたのは、あくまでおれが『いかなる害もなさない』『村のためになる存在』だったからだよ」

　三好さんは普通に言ってるけど、それが田舎の本質だと思う。

　村人にとって有益か害悪かは、相対的なものではなく絶対的なものなのだ。

「タマちゃんは、それでも良かったんですかね」

　すこし溶けてしまったサンデーを、三好さんは残念そうに眺めていた。

「いいも悪いも、ないんじゃないかなー」

「どういう意味です？」

「高校に進学する時も、学校の先生よりおれに相談してきてね。勉強とか偏差値とかのことはよく分からないけど、おれも長く生きてるから将来的なことなんかはアドバイスできたよね。でもタマちゃん、市内の高校へ通い始めたら、ちゃんと彼氏も作ってたよ？」

「えっ、彼氏？　ちゃんと、って……え？　いろいろ、意味がわかんないんですけど」

「大学は仙台に行ったんだけどねー。ずっと毎年バレンタインには、律儀にチョコを手作りしてくれてさー」

「手作り？　ずっと？」

「おれ、三吉鬼だからさー。お酒を奢《おご》る代わり？　だったんじゃないかな」

「いやいや、それ以前に……毎年ですか？」

「そうだねー。大学で彼氏と付き合ってた時も、わざわざ送ってくれてたなー」

「……三好さん、すいません。あたし、わりと話の流れを理解できてないみたいで」

「タマちゃんが言うにはね。彼氏は『こちら側』の本命で、おれは『あちら側』の本命なんだって。ズルくてごめんね、っていつも謝ってたけど……謝らなくてもいいのにねー。きっと心のどこかで『超えられない線』を感じてたんだろうにさー」

超えられない線、という言葉が妙に切なかった。

きっとタマちゃんにとっては、超えることの「できない線」だったのかもしれない。

そして三好さんにとっては、超える「つもりのない線」だったのだろうか。

「その後はタマちゃんと、どうなったんですか？」

いつの間にかサンデーを食べ終えていた三好さんが、腕時計をちらりと見た。

「七木田さん、このあと時間ある？」

「あ、大丈夫です。今日は三好さんで最後ですから」

「じゃあさー。ちょうど今から、タマちゃんのとこ行くんだけど……一緒に行く？」

「えぇっ!?　今からって——今も続いてるんですか!?」

「そうだよ？　あの頃から、なーんにも変わってないさー」

「あたしが行ってもいい感じ……っていうか、まだお付き合いしてたなんて」

「毘沙門天様に『恋バナ』認定してもらわないと、七木田さんが困るからねー」

お会計を終わらせたあと、想定外の展開に軽く動揺するあたしを助手席に乗せ。

どこで何をしているかわからないタマちゃんのところへ、見慣れた軽トラは走り始めた。

いつも通りの笑顔でハンドルを握ったまま、信号待ちで三好さんは話を続けている。

「タマちゃんはさ。大学を卒業して、東京の商社に就職したんだよねー」

「あ、東北を出られたんですね」

「まさか、七木田さんを東北まで連れて行かないさー」

「ですよね」

「旦那さんもいい人でさー」

「ちょ、結婚されてるんですか⁉」

「そうだよ？　子どもはふたり、マサカズくんとチエリちゃん」

「お子さんまで！」

三好さんの恋バナ、どこでどう収拾をつければいいのか分からなくなってきた。

けどここまでの話で、うしろのアイツが納得するとも思えず。

あれこれ考えている間も、車は慣れた感じでカーナビもつけずに走っていく。

そして板橋区から埼玉県に入ってすぐ、立派なマンションの駐車場に止められた。

「ついたよ、七木田さん。入口、こっちねー」

「待って待って。ここ、どこなんですか」

なにやら手荷物を持って、少し足早で楽しそうな三好さん。

でも普通のマンションと違い、豪華なガラス張りのエントランスには受付の人がいる。

いや、男性コンシェルジュと言えばいいだろうか。

ともかく、どこかの企業ビルにでも来た感じだ。

「あっ、三好様！」

「どうもねー。今日は、おれがお世話になってる人を連れてきたんだけど」

「どうぞ、どうぞ。あ、お連れ様。こちらで手の消毒と、この入館証だけお願いします」

三好さんを振り向いても、笑顔を浮かべているだけ。

そこでようやくエントランスにあった文字が目に入り、心臓がバクンと大きく脈打った。

「介護付き……高級老人ホーム？」

「タマちゃんは、ここの5階に『住んでる』んだ」

まるで知人宅を訪ねるかのように、慣れた足取りでエレベーターに乗り込む三好さん。

静かに上っていくエレベーターの中で、あたしは今までの話を整理するので精一杯。

ともかくタマちゃんに会う前に、色々はっきりさせておかないとダメだ。

「あの、タマちゃんて……？」

「旦那さんは5年前に亡くなったよ。タマちゃんは実家の秋田に戻ろうかって、悩んでたけど。秋田に戻ったって、もう親戚なんていないのにさー。もちろんお子さんたちのいる千葉か神奈川でお世話になるって話も出たけど、迷惑をかけたくなかったのかなー。あんまり歓迎ムードじゃなかったのは、間違いないしね――」

その表情から笑顔が消え、どこか悲しそうな色に変わった。

「――秋田の田舎をバカにするワケじゃないけどさー。実際問題として、あそこじゃタマちゃんに過ごして欲しい老後はムリだよね。かといってマサカズくんとチエリちゃんたちに『老老介護《ろうろうかいご》』を求めるのも、おれは賛成じゃなかったしなー」

「老老……って、お子さんの歳は？」

「孫のヨースケくん、リナちゃん、ケージくんたちも、それぞれもう家を出て家庭を持っているぐらいには、ふたりともご高齢だよねー」

「えっ、お孫さんもいるんですか⁉ それで、三好さんがこの施設を⁉」

「タマちゃんはねー。昔から、大事なことは必ずおれに相談するのさ。子どもの進路とか、旦那さんの転職とかの相談もあったなー。ほんと、あの頃からちっとも変わってないよ」

エレベーターが5階で止まり、開いたドアから見えたフロアは清潔そのもの。

というより、ホテルのロビーと見間違うほど豪華だった。

「あっ、三好様」

看護師さんや介護士さんがよく着ている、ジャージ素材の制服ではない。

機能性とファッション性を兼ね備えた、ちょっとホテルのスタッフにも見える姿だ。

三好さんは有名なのか、誰もが顔を覚えていて「様付け」で挨拶してくる。

そんなロビーみたいな一角にあるテーブルで、本を読むでもテレビを観るでもなく。

ひとりのお婆ちゃんが、ただ物静かに座っていた。

「おーい。ターマちゃーん」

いつもの三好さんらしい元気な声に振り向いたお婆ちゃん――おそらくタマちゃんは、しわだらけの顔をさらにクシャクシャにして笑顔を浮かべた。

「あら、ヨッシー」

三好さんは手を振りながら駆け寄り、大きな体で小さなタマちゃんを抱きしめた。

その姿を見て、あたしはすべてを理解した。

昔からなにひとつ変わらず、三好さんはタマちゃんが大好きなのだ。

色々な愛の形が認められるなら、これも立派な愛だと思う。

一定の距離を保ったまま近づきすぎず、それでいて決して離れたりしない。

なのに揺れたり戸惑ったりしない、時間を超越したまっすぐな愛だ。

「タマちゃーん。またお昼ごはん、あんまり食べなかったんだろー」

「だって今日は、ヨッシーが来てくれる日でしょ？」

「今日はねー。テンゴさんに教えてもらった、豆腐の煮物とナス田楽を作ったんだー」

持って来たお弁当箱をテーブルに広げたその光景は、まるでデート。

あるいは、ピクニックのように華やいでいた。

「あら、あちらの女性は？　ようやくヨッシーにも、いい人が現れたの？」

「まさかー。おれのことを好きになってくれるような物好きなんて、後にも先にもタマちゃんだけさー」

それは言葉の裏返し。

三好さんは、決してタマちゃん以外の人を好きになることはないだろう。

ふたりの関係は、こうやって今まで紡がれてきたのだ。

「ご一緒しなくて、いいの？」

「あの人は前に話してた、毘沙門天様を背負った方だからねー」

「あらあら、大変。わたし、着替えてこなくちゃ」

「大丈夫さー。タマちゃんは、いつでも美人さんだよー」

ダメだ、あたしはこのふたりの空間に入れない。

違う、入っちゃダメなんだと思う。

だから三好さんに手招きされても、丁寧にご挨拶だけして離れた席に座って待った。

「あやかしと、人間……か」

あたしはテンゴ先生と、あんな風に歳を取れるだろうか。

そして年老いたあたしのそばに、テンゴ先生は居てくれるだろうか。

しばらくそんなことをグルグル考えていると、いきなりコーヒーが運ばれて来た。

「え……？」

「ご挨拶が遅くなりました――」

そう言って名刺を準備し始めたのは、どこから見てもマダムっぽい人。

絶対いつもは、コーヒーを「運ばれて来る方」の人だと思う。

っていうかここはホテルのラウンジじゃなくて、老人ホームの5階だよね。

「あ、あの……あたし、名刺とかは」

もらった名刺の肩書きは、この施設の理事長だった。

なんで理事長と名の付く人って、みんな見た感じが似てくるのかな。

「三好様のお知り合いということは……もしかして、吉屋様のお知り合いでは？」

「ヨシヤ？　あぁ、タケル理事長のことですね？」

「タケル……」

なんか引いてるっていうか、キョドッてるよこの人。

あれかな、いつものクセで下の名前で呼んじゃったからかな。

「いやまぁ、なんていうか……あたしは別にエラいわけじゃなくて、あのクリニックで医療事務をしてるだけの者なんで。どうぞ、お気遣いなく」

「吉屋様には当施設へのご高配を賜っておりますこと、厚く御礼申し上げますとお伝え願えますでしょうか。近々改めて、ご挨拶に伺わせていただきたいと思います」

ジルスチュアートっぽい匂いを残して、マダム理事長は足早にいなくなった。

申し訳ないけど、難しい表現ばっかりで何を言ってるか分かんなかったよ。

ただタケル理事長とマダム理事長の関係が、なんとなく怪しいのはわかったけど。

あっ、さてはタケル理事長——三好さんのために、裏でなんかヤッたな？

そんなことを考えていると、三好さんがいつもの元気な笑顔で戻って来た。

「ごめんね、七木田さーん。退屈だったでしょー」

「あ、全然。それより、三好さんはもういいの？」

「いいって？」

「だって、せっかくタマちゃんに会いに来たのに」

「せっかくもなにも。お昼はだいたいここに寄って、一緒にごはん食べてるから」

「そんなに来てるんですか⁉」

「だって面会に来るご家族、いないんだもの」

「そ、そうなん……ですか」

「それに今日は、今度の外泊でどこへ行くか、相談しに来ただけだしねー」

「……ん？　外出じゃなくて？」

「違うよー、週末の外泊。だいたい泊まるのはウチなんだけど、どこへ行こうかって相談さー。そろそろ美容室にも行かなきゃならない頃だから、予約しとかないとだし」

無邪気にそう言ったあと、三好さんは見送るタマちゃんに手を振り返し。

すれ違う職員の人たち全員に挨拶されながら、エレベーターに乗り込んだ。

「あたし、思ったんですけど……三好さんとタマちゃんって、恋人でもなく、夫婦でもないのに……なんかそれ以上の関係に見えて、すごく羨ましかったです」

「おれはねー。子どもの頃のタマちゃんも、学生さんの頃のタマちゃんも、主婦の頃のタマちゃんも、いつのタマちゃんも、ぜんぶ大好きだったよ——」

そこから三好さんは言葉を選んでいるのか、1階に着くまで黙り込んでしまった。

あたしから、それ以上のことはなにも聞けず。

エレベーターのドアが静かに開いた時、三好さんはようやく続けてくれた。

「――でもその頃のタマちゃんは、親御さんのタマちゃんで、彼氏さんのタマちゃんで、旦那さんのタマちゃんで、子供たちの、そしてお孫さんたちのタマちゃんだったなー」

「三好さん……」

「最近ようやく、おれだけのタマちゃんになってくれた気がするんだ。おれも、タマちゃんだけのヨッシーになれた気がするし――」

エレベーターを出て振り返った、三好さん。

あたしはこの笑顔を一生忘れないだろう。


「――こんなに嬉しいことはないよ」


その瞬間。

あたしの頭上から、光り輝くカケラがゆっくりと舞い降りてきた。

ピアスぐらいの大きさなので、落としてなくさないように毎回大変だけど。

「今日はありがとう、三好さん」

「なんも、なんも。それより、なにが落ちてきたの？　それ、すごくキレイだなー」

「これが例の『恋のカケラ』ってヤツですね」

「そっかー、良かったよー。おれの恋バナ、合格だったんだねー」

さすがにこの話、後ろのアイツも認めざるを得ないですよ――三好さん。

▽　▽　▽

八田さんの車に乗せられて、タケル理事長とやってきたのは有明《ありあけ》。

会員証を提示した八田さんの車はゲートをくぐり、超豪華なホテル内へと案内される。

そう――ここはあの懐かしい、ベイリゾート・ホテル。

あたしの歓迎会をしてもらった場所であり、あやかしの姿を初めて見た場所でもある。

「で？　どうなのよ、恋バナ。集まってんの？」

相変わらずの赤っぽい茶髪に、少しテラテラした黒いスーツと濃紺のシャツ。ジレを着ているのに少し緩めたネクタイが気だるすぎて、それがまた似合うこと。

「ようやく、半分を超えたところですね」

「マジで!?　もう50人、超えたのかよ！」

「テンゴ先生があんな風になって、もう1週間ですよ？　遅いぐらいです」

「どうやったら、そんなにダッシュかけられンだよ」

「駅近のUR団地、あるじゃないですか。あそこの『あやかし互助会』の会長さんにお願いしたら、かなりの人数を集めて協力してくださったんです」

「会長って、確か今は川男《かわおとこ》のハーフの助川《すけがわ》さんだろ？　そりゃあ、話し好きだわ」

「えぇ。か　な　り、話し好きな方でしたね」

テンゴ先生のためだからと、色んなあやかしさんたちを集めてくださったものの。

助川さん本人の話が一番長くて、軽く2時間を超えた。

それからようやくスタートしたので、間にお食事休憩を挟みながら7時間かかった。

もちろん、お食事中も恋バナを聞かせてもらいながら。

それが、3日間も開催されたのだ。

「ちょっと泣ける話とか、あった？」

「泣けるっていうか……なんでもアリなんだな、って思いましたね」

「おー。それに気づくとは、なかなか亜月ちゃんも達観してきたなァ」

わりとハーフの方が多かったせいもあって、けっこう昔の恋バナが多かったものの。

その内容は、あたしの想像を軽く超えてくるものばかりだった。

蛇と狐とお侍さんの三角関係なんて、ザラで。

狐と幽霊と人間の三角関係なんてのもあった。

あ、狐が絡んだ三角関係ってけっこう多かったかも。

挙げ句に衝立《ついたて》に描かれた精巧な吉原遊女《よしわらゆうじょ》の絵に惚れすぎて、妖しい呪法で呼び出した人の話もあったし。

人形《にんぎょう》浄瑠璃《じょうるり》を観て人形を溺愛しちゃった娘さんの話とか、もうね。

2次元とか2.5次元とか、「そういう者」への愛はフツーに江戸時代からあったんだよ。

今に始まった文化じゃないんだって。

「それよりです。なんであたしは、ベイリゾート・ホテルに来てるんですか？」

やっぱり高い天井に、クリスタルのシャンデリア。

床はすべて大理石で、幾何学模様が芸術的なモチーフみたいに張り込んである。

壁もこれまたクリーム色と薄茶色のテラテラした大理石で、エントランスの真ん中には黒光りする台座とガラス製のテーブルに巨大な花が生けてある。

「ハァ？　オレの恋バナが聞きたいんだろ？」

「キッチンでコーヒー飲みながらじゃ、ダメだったんですか」

「だって、アレなんだろ？　うしろのお方が納得しねェと、ダメなんだろ？」

「まぁ、そうですけど……」

「だからだヨ」

なんだかわからない理由を、ドヤ顔で告げられたあと。

エレベーターの中は、相変わらず恥ずかしすぎる罰ゲームみたいな鏡張りだった。

そして到着したのは、やはりあの日と同じ最上階のレストランだ。

「そういえば、八田さんは？」

「下で待ってるってサ」

「えー、なんでですか。一緒に食べながら、話しましょうよ」

「知らねェよ。八田さんに聞いてくれって」

ちょっと納得がいかなくてブーブー言ってると、支配人のような女性が現れた。

たしか三好さんと行った老人施設の理事長さんも、マダム理事長だったなぁ。

なんとなくタケル理事長の話、どこでも似たような感じになるんじゃないかなぁ。

「お久しぶりです、吉屋理事長」

「なんだよ、あらたまっちゃって。今日は急にムリ言っちゃって、悪かったなァ」

「ぜんぜん変わってないのね、尊琉《タケル》は」

「あァ？　変わるワケないだろ。オレは『フォーエバー貧乏神』だぜ？」

尊琉と名前呼びするあたり、完全にワケありだよこの人。

いやぁ、たぶんアレな感じの話になるんじゃないかなぁ。

「毘沙門天様がご一緒なら、尊琉も変われるかもよ？」

「あいにく亜月ちゃんは、テンゴ大好きっ娘《こ》でなァ」

「お側にいてもらうぐらいが、尊琉には丁度いい距離なんじゃない？」

「近すぎず、遠すぎずってヤツね。で、オレらの席は？」

いやいや、わりと恥ずかしい話を軽ぅく流しましたね？

あたしこの方、初対面ですからね？

ぺこりとお辞儀をしたあと案内されたのは、東京湾が一望できる窓ぎわ席。

ランチというには豪華すぎるフルコースが次々と出て来る、いつもの理事長ごはんだ。

あー、ここの中華って美味しいんだよね。

クリスタルなレンゲに乗せられた前菜とか、濃いめのフカヒレ・スープとか。

上海《シャンハイ》蟹《がに》は、オスが美味しいんでしたっけ？

どこで使えばいいかわからない知識、ムダに増えてきました——って、待って待って。

目的、違ってきてるから。

「あの、タケル理事長？　あたし、恋バナを聞きに」

「さっきの、あいつ」

「……はい？　あの、支配人のような方ですか？」

「そう。実際、ここの支配人なんだけどヨ。昔オレ、あいつと付き合ってたの」

「へー」

「なにその反応！　薄《うす》っ！」

「だって……まぁ、なんとなく想像つきましたもん」

「ちげーんだって。もっと深イイ話なんだって」

「へー」

くっそー、と言いながら手酌でシャンパンを注いでいる理事長。

ホントに深イイ話なんでしょうね。

「あいつがまだ学生の頃に知り合ってよ。経営学とか勉強してた、超マジメなやつだったのよ。オレ、そういう地味でマジメな磨けば光る原石系の女子、好きじゃん？」

「じゃん、って言われても……そうでしたっけ？」

「そうだよ。あとあいつ、わりと着痩せするタイプでサ。スタイルいいのよ」

「それ、サイテー。このあと、どんな深イイ話を聞いても全部ダメになりましたね」

「ちげーんだって、マジ聞いてくれってば」

「はいはい、聞いてますって」

ほんと、上海蟹のオスって味が濃厚で違いますよね。

このオマール海老のチリソースも、超おいしいや。

って、どんだけコースに追加したんですか理事長。

「でもサ。オレって、自分の引き際を感じるのよ。なんていうの？　こう、鉄板の装甲越しに敵の気配を感じるみたいな？」

「なんですか、そのたとえは……まぁ、なんとなくわかりますけど」

少し黄昏《たそが》れたように、タケル理事長はシャンパングラスを片手に窓の外を眺めた。

そういう姿、めちゃくちゃ似合いますよね。

「あー、こいつの側にオレが居るとダメだなって。貧乏クジを引き続けるなって」

「もう。そういうネガティブな発想は捨ててくださいって、言ったじゃないですか」

「当時はそう思ってたの。まぁ……今でも、わりとそう思ってるけど」

結局、飴細工の刺さったデザートのアイスが出て来るまで。

タケル理事長の言う「深イイ話」が聞けた気がしなかった。

「それで、あの方を思って身を引いたと」

「そう、それ。したら、やっぱ運気っていうか金運？　そういうのが向いてきたのか。あいつ元々マジメだったから、今じゃあこうして支配人にまでなったってワケさ」

「なるほど」

せっかくの飴細工は最後までとっておいて、アイスを食べ終わってから手を付け。

ついにラストの、ミルクたっぷりのエスプレッソが運ばれて来てしまった。

「おいおい。なんか、恋のカケラが降ってくるんじゃねェの？」

「うしろのアイツが、ダメ判定したんじゃないですかね」

「マジで!?　うっそだろ、超いい感じの恋バナじゃね!?」

「いや、あたしに力説されても……」

「待て待て！　今のなし！　別の恋バナあるから！」

こらこら、ナシとか言わないの。

それ、あの人にめちゃくちゃ失礼じゃないですか。

「もう全部、食べ終わっちゃいましたし」

「次、行こう！　な、次！」

「次って、2次会じゃないんですから。だいたい、お腹いっぱいですって」

「そうだ、次は広尾にしよう！　あそこなら、絶対いい恋バナになるから！」

急いで席を立った理事長は、あたしの手を引っぱり。

元カノの支配人さんには軽く挨拶しただけで、待っていた八田さんの車に乗り込んだ。

タケル理事長、もしかしてあの人の名前すら忘れてないかな。

そんな流れで連れて行かれたのは、なぜか広尾の有栖川宮《ありすがわのみや》記念公園近くにある美容室。

満腹豪華ランチから美容室への流れは、意味さえわからなかったけど。

出迎えてくれた美人のマダムオーナーを見て、だいたい想像がついた。

「あのオーナーなんだけどよ――」

あーこのお店、ヘッドスパが寝ちゃうぐらい気持ちいいわぁ。

蒸気のトリートメントで、髪もツヤツヤにしてもらっちゃったし。

切りそろえてブローしてもらっただけなのに、雑誌に出られそうな気分になったわ。

「――でさ。やっぱオレって、自分の引き際を感じるじゃない？」

「タケル理事長。それ、さっきと同じじゃないですか」

「いや、違《ちげ》ぇから。ここ、美容室だし」

「お仕事が違うだけでしたね」

やっぱり最後に理事長が身を引いて、あの人が成功したってオチだった。

もうこれ、お笑いの技法でいうところの「天丼」になってませんか。

「マジかよ！　まだ降って来ねェの⁉　じゃあ次だ、次！」

「次⁉　また移動しないと、話はできないんですか⁉」

「次こそ間違いねェから！　銀座行くぞ、銀座！」

もうその土地の響き自体が、天丼っぽくなってませんか？

次に連れて行かれたのは、銀座の美容エステだった。

もちろん、出迎えてくれたのはオーナー兼エステティシャンの美人さん。

「あのオーナーなんだけどよ――」

「待って、待って！　なんでペアルームにしたんですか！」

「ハァ⁉　今さら恥ずかしがる間柄じゃねェだろ⁉」

「フツーに恥ずかしがる間柄ですね！」

もーなんなのコレ、恥ずかしいけどアロマオイルのエステ超きもちいい。

ほぐれるわぁ、眠いわぁ。

もうタケル理事長の恋バナ、わりとどうでもいいかな。

「——でさ。やっぱオレって、自分の引き際を感じるじゃない？」

「……は？　あぁ……はい、はい」

「ちゃんと聞いてたか？」

「うしろのアイツは……聞いてたんじゃ、ないですかね……」

「起きろってばよ！」

もちろんカケラなんか降ってくるはずもなく、結局あたしの全身がほぐれただけで。

再び八田さんの車に揺られながら、半分は寝ている状態になってしまった。

「……オレの恋バナ、そんなにイケてないか？」

「え……？　いや、そういうことじゃ……ないと思いますけど」

展開がぜんぶ同じすぎですし、恋バナというよりは理事長の身の上話でしたね。

「くっそー、どうすりゃいいんだよ……ってこれ、どこ行ってんの？　八田さん」

「老婆心ながら、茅ヶ崎に美味しいパン屋さんがあるのを思い出しまして」

「茅ヶ崎？　って……あれ、今日か」

八田さんがちゃんと話しかけてくれるのは、今日はこれが初めてなのに。

タケル理事長は、複雑な表情で腕組みしたまま窓の外を眺めている。

「あそこのパンは美味しゅうございますし、ハルジ坊ちゃんもお好きです。もしかするとテンゴ院長先生も、あそこのパンならお食べになるやも」

「マジで行く感じ？」

「いつでも引き返せますが、本日はお日柄も良いことですし」

腕時計を確認したタケル理事長が、ため息と共につぶやいた。

「……八田さん、この日を知ってたのかよ」

「毎年のことですが。これも、なにかのご縁なのでございましょうな」

よくわからないまま車に揺られて寝落ちしていたら、あたりはすっかり日が暮れて。

小さいけど洒落《しゃれ》た「ベーカリー　すずや」の前に着いたのは、閉店ギリギリの時間。

「どうぞ、ごゆっくり」

笑顔で八田さんに見送られたけど、閉店ギリギリでごゆっくりの意味がわからない。

タケル理事長のあとについて、お店に入ってみると。

パン屋さんのいい匂いがする以外、特に美人マダム系オーナーも出てくる気配はない。

「いらっしゃいませ。すみませんが、もうすぐ閉店ですので」

その代わりに出迎えてくれたのは、それこそ地味でマジメな感じの女性。

でも一本に束ねた髪に交ざるわずかな白髪が、三角巾では隠し切れていなかった。

「残ってるの、ぜんぶ売ってくれないか？」

「え……？　ぜ、全部……ですか？」

店内にはフランスパンや食パンなんかも含めて、半分ぐらいのパンが残っている。

なにがしたいのか、どこが恋バナなのか、サッパリわからない。

「そう、全部。オレ、ここのパンが大好きなの。ＯＫ？」

「あ、りがとうございます……が、全部ですか？」

「そう、全部。現金でな。トーキョーから、わざわざ買いに来たんだけどさァ。ちょっと渋滞に引っかかっちゃって、この時間になっちまったんだよ。どうしても、ダメかい？」

「いえ……ダメ、ということではなく……」

軽い調子でウィンクする理事長は、帰る様子がまったくない。

半信半疑のまま、それでもパン屋の女性は次々とパンの袋詰めを始めた。

もちろん持ちきれないので、その端からあたしと八田さんが車に運び込んでいく。

「あの、タケル理事長？　これって――」

無視、というより声が耳に届いていないのだろう。

黙々とパンを袋詰めしているパン屋さんを、タケル理事長はただ見つめているだけ。

やがて本当に店内のパンが全部袋詰めされ、理事長は普通にレジで万単位を払っていた。

なんだろう、今までみたいに恋バナを始める気配がないんだけど。

「運び忘れ、ないかァ？」

「大丈夫だと思います。けど理事長、あの……恋バナは」

「じゃ、帰るか。仕事が忙しくてあんまり来れないけど、また寄るから」

なにごともなかったように、お店を出てしまったタケル理事長。

そのあとを、我に返ったパン屋さんが追いかけてきた。

「あ、あの！」

「ん？　レジ、打ち間違えた？」

「そ、そうじゃなくて……あの、あなたですよね？」

「なにが？　どっかでナンパした覚えはねェけど」

「思い出したんです。去年も『この日』に、売れ残ったお店のパンをぜんぶ買って行かれましたよね？」

「そうだっけ？　覚えてねェや」

「いつも、ありがとうございます――」

素っ気なく背を向けてバイバイしたタケル理事長に、パン屋さんは深々とお辞儀した。

でもあたしは、パン屋さんのひとことが忘れられなかった。

「――祖母も、喜んでいると思います」

いつまでも見送っているパン屋さんを気にして、八田さんが車を出そうか迷っている。

「もうよろしいのですか、タケル理事長先生……」

「いいよ、八田さん。出してくれ」

小さくなっていくパン屋さんを振り返りもせず、タケル理事長は窓の外を眺めている。

祖母って、どういう意味だったのだろう。

「尾花美鈴《おばなみすず》。あの娘《こ》の、ばあさんの名前だ」

ため息と共に話し始めたのは、タケル理事長だった。

けど、今までの話とは明らかに雰囲気が違う。

「おばあさん……？　恋バナじゃなく？」

「ずいぶん昔の話だ。オレにだって、そばを離れたくないと思う女ぐらい居たさ」

「えっ！　ちょ、急に恋バナ始められても——って、待ってくださいよ!?　タケル理事長が付き合ってたその美鈴さんって、あの方のおばあさん!?」

「そうだよ」

「じゃあ……うっそ、さっきのパン屋さんはタケル理事長の」

「違ぇよ。オレの孫じゃねェからな」

「ん？　なん……で？」

あやかしの始祖《オリジン》やハーフの話を聞く時は、いつも時間軸が軽く混乱する。

首をかしげるあたしの頭を、タケル理事長はくしゃくしゃっとした。

「知り合った時、美鈴には令美《れみ》っていう連れ子がいてね。オレ、そういうのは全然気にしねエし。逆に懐かれちまってナ」

「あやかし保育園でも、チビッコたちに大人気ですからね」

「美鈴がパン屋をやりてエって言うもんだから、オレもノリで手伝ってたのよ。最初は金だけ出してたんだけど……パン屋もやってみると、わりと楽しくなってきてな」

エプロン姿でパンを焼いて楽しんでいるタケル理事長なんて、想像できない。

それはきっと、美鈴さんと一緒だったから楽しかったのだと思う。

「したらやっぱ、そろそろ身を引かねエとヤバいなって時期が来るのよ。なにやっても、うまくいかなくなったり？　取引先が不渡り出したり……まぁ、例の潮時ってヤツさ」

「それって、理事長のせいなんですか？　なんでも自分のせいにするのは、どうかと」

紙袋だらけになった車内で、タケル理事長はお総菜パンをひとつ取り出してかじった。

「オレも、そう思ってた時期があったよ。けどなァ……人生の『引き当てる確率』ってヤツが、だいたい偏るモンだと知っててもだ。貧乏神が居ると、まぁ見事に『ハズレの確率』ばっか引くんだわ。そうだなァ……横断歩道を青で渡ってたのにダンプにはねられたけど一命は取りとめた時に限って、雷が落ちてくる感じかな。わかる？」

「それ、めちゃくちゃ低い確率ですね」

タケル理事長は、手にしたお総菜パンをじっと眺めていた。

「わかってたんだよ。あの時オレが身を引けば、店は持ち直すって。そしたら令美も、もっといい生活ができたのによ……なのに、オレは美鈴が最後を迎える時まで側に居た」

「……だって、一緒に居たかったんですよね？　だったら、それで」

「それから娘の令美は口もきいてくれないんで、自然と疎遠になってたんだけどさァ。まさか孫の玲奈《れな》が、同じ名前でパン屋を始めるとは思わねェだろう……あんな縁起でもねェ名前じゃなく、もっとトレンディなやつにすりゃいいものを」

「名前って『ベーカリー　すずや』のことですか？」

「美鈴の『鈴』と吉屋の『屋』で、すずや。今日は、美鈴の命日だ」

タケル理事長は何かを慈しむように、お総菜パンの残りを頬張った。

あたしもひとつ、小さいデニッシュを一緒にかじってみた。

それは本当に、どこにでもある「普通に美味しいパン」だった。

「オレと一緒に居られりゃ、どんなに貧乏でも幸せだろ？」

「え……？」

「――って、平気で言える男になりてぇなァ」

「……今日は、すいませんでした。タケル理事長」

「別に、亜月ちゃんが謝ることたァねぇよ。どうせ、あとで行こうと思ってたんだし」

そう言って、タケル理事長が窓の外に視線を逸らすと。

光り輝くカケラが、ゆっくりと車の天井を突きぬけて降りてきた。

「あっ……」

「ケッ。これで、ようやく合格かよ。毘沙門天の野郎、悪趣味にもほどがあるだろう」

タケル理事長は、ホスト風のイケメン貧乏神。

やさしくチャラい、貧乏神なのだ。

▽　▽　▽

恋バナ集めも、ようやく90人を突破して。

今日はあの「青いお花畑」がある千葉の里山で、ハルジくんの生薬集めを手伝っている。

いつもは三好さんが一緒に来ているけど、今日はタマちゃんとお泊まりデート中。

ハルジくんの恋バナを集めさせてもらいがてら、あたしも気分転換に来てみたものの。

相変わらず八田さんが先に手を回して、ふたりの息子さんを連れて来ていた。

「マイキー、ダニー。それを運び終わったら、亜月様とハルジ坊ちゃんに昼食の準備だ」

「やっべ、アニキ！　亜月様の食事係だってよ！　超自慢できね？　まじイケてね？」

「Oh《おう》……やべーな、これもう……近すぎて、マジで……やべーな」

今日は真っ黒い特殊部隊っぽい装備ではなく、ジャングル仕様の戦闘服？

大きな背負子《しょいこ》がなければ、ガチで1週間ぐらい森から出て来そうにない装備だ。

こんなふたりだけど恋バナぐらいあるだろうし、あったら間違いなく超絶展開だと思う。

「よかったら、なんですけど。あたし、マイキーさんとダニーさんの」

「オレたち、スクワッド《S》・オブ《O》・プリンセス《P》——」

「——亜月様が地獄に咲く花をご所望とあらば、笑って摘みに参ります」

一文字も間違わず、敬礼と共にいつもの言葉が返ってくる。

それ反射っていうか、部隊の斉唱なんですか？

もしよかったら、所属部隊の名前を教えてもらっていいですかね。

「いやいや、あの……お花はけっこう摘んでもらいましたから、恋バナでもあれば」

「やっべ、アニキ！　亜月様に話しかけられた！　部隊のやつらに超自慢——がふぁッ」

「ちょ——ッ」

いきなりマイキー兄さんのパンチを食らい、弟のダニーさんは軽く膝から崩れた。

けどなんだろう、ヒグマの子どもがジャレてるようにしか見えないこの感覚は。

「Ah《ああ》……自分ら、その……亜月様しか、ちょ……アレ、なんで」

意味がほとんど分からないまま、マイキーさんは弟を引きずり起こして準備を始めた。

青いお花畑が見えるこの小高い丘で、どうやらバーベキューをするようだけど。

あの大荷物、ほとんどこのためだったんですか。

めちゃくちゃガッチリしたバーベキューセットが組まれ、食材が止めどなく出てくる。

日よけのタープテントからテーブルセットまで、至れり尽くせり。

そこへ見計らったように、ハルジくんがキノコ系の生薬を担いで戻って来た。

「あー。そろそろ、お腹すいたよねー」

「お疲れ様でございます、ハルジ坊ちゃん。どうぞ、こちらのお席へ」

「今日、なに焼くの？」

「大阪は敷津西《しきつにし》のドイツ料理屋『ハンブルク』様のご厚意で、ソーセージを中心に」

「あれって焼き加減がめちゃくちゃ難しいらしいけど、大丈夫？」

M《マイキー》＆《と》D《ダニー》兄弟と違い、八田さんはいつでも笑顔の絶対執事。

雨の中でナイフを抜いても、丘の上でトングを握っていても、その姿は変わらない。

ハルジくんの向かいにあたしを座らせると、厨房っぽくなったグリルへ戻って行った。

「ごめんね、ハルジくん。あたしもなんかお手伝いできるかと思ってついて来たんだけど、わりとできることがなかったっていうか」

「まぁ、あのふたりと八田さんがいればね。で？　ようやく、ぼくの番になったわけ？」

「え……なにが？」

「なにがじゃないよ、恋バナのこと」

「……なんか、怒ってない？」

「別に？」

「いやいや、ハルジくんのそういうヤツ。あたし最近、わりとわかるから」

あたしの方をチラッと見ただけで、八田さんの運んで来たレバーペーストを、スライスしたフランスパンの上にのせて食べ始めた。

「今、何人ぐらい集まってんの？」

「えーっと……ハルジくんで91人目だね。あと、もうひと息なんだけどさ」

「なんだよ、それ。なんでぼくが、最後の方なワケ？」

「え……怒ってるの、そこ？」

「フツーはこういうのって、毎日遊んでる『仲のいいヤツ』から始めるんじゃないの？」

八田さんに冷えたコーラを注いでもらいながら、やはりハルジくんはご機嫌ナナメだ。

「うーん……そうは言うけど、逆にいつでも話を聞けるじゃない？」

「……いつでも？」

「だって、毎日あたしの部屋に入り浸ってるでしょうよ」

それを聞いて、ハルジくんの表情がパァッと明るくなった。

えっ、なにがトリガーだったか説明して欲しいんだけど。

「だよね！　よく考えたら、ぼくらって『いつでも』話できるもんね！」

なんだか知らないけど、とりあえず機嫌は直ったらしく。

茹でられてお湯に浸かった白いソーセージを、ニコニコしながらナイフで割っていた。

「じゃあ、ハルジくんの恋バナ。聞かせてくれる？」

「当たり前じゃん。あーちゃん、今日なにしに来たの？」

ハラ立つなぁ、この弟は――って弟じゃないし、あたしよりめちゃくちゃ年上だけど。

サッパリして美味しい白ソーセージを割って皮を剝がし、甘口マスタードで食べながら。

ようやくハルジくんは、ゆっくり思い出すように恋バナを始めてくれた。

「もう、ずいぶん昔の話だけどね。母さんは座敷童子の座をぼくに譲って、浄水プラントの技師をやってる父さんと一緒にカザフスタンへ」

「ちょ、待って、待って！」

「……なに？　まだ序盤っていうか、恋バナに入ってないんだけど」

「まず、ひとつ目。ハルジくん、マジでカザフスタンとのハーフなの？」

「ハァ？　なにそれ、今さら聞くこと？　高校入学の時に自分で決めた、キャラ設定とかじゃないし」

まぁ高校デビューしたいなら、そんなすぐにバレる突き抜けた設定にはしないよね。

「あ、いやいや……ちょっと、聞き慣れない国の名前だったもので」

「今だと、バイコヌール宇宙基地のロケット発射場とか有名じゃん」

「ごめん……知らない」

「もう、いいよ。で、ふたつ目もあるの？」

「座敷童子の『座を譲る』っていうのは……なんかこう、一子相伝的なヤツなの？」

「まぁ、ぼくは上位の座敷童子だしさ。母さんも、他のヤツらに入られるのは」

「待って、座敷童子にランクとかあるの!?」

「また？　なんなの、そこから説明しなきゃ恋バナにならないの？」

「……あっ、すいませんでした。ぜひ、恋バナの方を続けてください」

全国座敷童子選手権ランキングがあるかどうか知らないけど、それはまた別の日に。

体裁の悪い中、焼き肉のタレで焼いた野菜を八田さんが運んで来てくれた。

「ぼくは日本を離れるつもり、なかったからさ。田舎の旧家でわりといいところに引き取られたんだけど……そこのガキが性格の悪い成金のデブ小僧で、めっちゃハラ立つヤツだったんだよ。一緒に遊ぶとか、マジこっちからカンベンみたいな感じだったの」

「さすがに、遊べれば誰でもいいってワケじゃないよね」

「当たり前でしょ。ぼくは『幸運製造機』じゃ――まぁ、そう見てるヤツらもいるけど」

ちょっとだけ寂しそうに視線を逸らして、ハルジくんはコーラを飲んだ。

敬愛も報酬もなく「ただそこに居ればいい」とでも、言われたことがあるのだろうか。

なんとなく、腹を立てた理由がわからないでもなかった。

「ともかくその家が、イヤでイヤで仕方なくてさ。ぼく、家出したんだよね」

「座敷童子の家出……って、どこへ？」

「狭い村だったし。どこに引き取られてもすぐに知れ渡っちゃうから、しばらく山の麓にある神社へ逃げ込んだんだよ」

「へぇ。座敷童子って、神社に住むのもアリなんだ。神主さんと遊ぶ感じ？」

「寂《さび》れた神社に、神主なんか常駐してないって」

「そうなの!? 住職のいない寺とか、考えられないよ!?」

「兼業神主だよ。メインが村役場で、サブが神主。っていっても、盆と正月……あとは、村の夏祭りの時ぐらいしか居なかったね」

「どうやって生きてたのよ」

「別に。裏が山だったから、フツーに生活できたけど」

「サバイバル座敷童子！」

「なにそれ。冬眠前後のクマがめんどくさいぐらいで、あとは猟師さんと一緒だよ。ってか、あーちゃん。ぼく、いつになったら恋バナを始められるの？」

「ツッコミどころが多すぎるんだって！」

チーズ入りのソーセージを焼いて運んで来た八田さんが、微笑んで見ている。

八田さんはタケル理事長やハルジくんのこういう話、知ってたんだよね。

あたし、今の生活が楽しければ過去は気にしないからなぁ。

「生活自体は、別に苦じゃなかったんだけどさ。なにが辛いかって……遊び相手の前に、話し相手すらいないんだよ。最後の方なんて、木彫りした人形に話しかけてたから」

なんかそういうの、ハルジくんと一緒にアマプラで観た映画にもあった気がする。

軍隊あがりのハゲでガチムチのオッサンが、２ヶ月の無人島生活を全裸から始める番組でも、３日目には孤独に耐えられず速攻で泣きが入ってたし。

本来は家につく座敷童子にとって、それは苦痛でしかなかったのだと思う。

「時々やって来る子どもたちがビー玉やメンコで遊んでたんだけど、ぼくお金ないし」

「だよね。サバイバル生活だもんね」

「そんな時にさ。病気になったお父さんの快復祈願に神社へお参りに来た、小百合《さゆり》ちゃんっていう女の子がいてね。わりと空気を読まない感じで、ぼく必死に話しかけたよ」

「不審者あつかい、されなかった？」

「最初にビックリさせちゃったから、もう来ないかと思ったけど。また次の日も来てくれてね。お手玉とかあや取りとかした時には、もう小百合ちゃんのこと好きになってた」

「うん、まぁ……ちょっと早いかもだけど、フツーはそうなるでしょ。クラスでぼっちの時に声かけられたら、フツーに意識するもの」

「それってもう、家までついて行くしかないじゃん？」

「えっ⁉　いや、うん……座敷童子なら、だいたいＯＫ……なのかな？」

「小百合ちゃんの家ってね。庭に、珍しい青い花が咲いてたんだよ。別に小百合ちゃんはあやかしじゃなかったから、偶然なんだろうけど」

「ここに咲いてる花と、同じやつだったの？」

「だね。ぼくがあやかし用の生薬に興味を持つようになったのは、それからなんだ」

丘から見える青いお花畑を見おろしたまま、ハルジくんは少しだけトリップしていた。

「ぼくが座敷童子だってわかったら、小百合ちゃんの両親は喜んで家に住まわせてくれたよ。奥座敷をぼくにくれて、かなり丁寧にも扱われた。もちろん、お父さんが元気になったってのが一番の理由なんだろうけど。小百合ちゃんもそんなに友だちがいなかったし、外で遊ぶのが苦手だったからね。ぼくと部屋で一緒に遊んだり、縁側でくだらない話をしたりしてさ。楽しかったなぁ……」

「いい話で、よかったよ。これなら、うしろのアイツも合格を」

「だったら――なんで『ずっと一緒にいようね』なんて、できない約束をしたのさ」

「……なんの話、してる？」

眼下のお花畑から戻って来たハルジくんの視線は、冷え切っていた。

焼いた鹿フィレに特製ソースをのせて運んできた八田さんも、かなり気にしている。

「中学生になっても、高校生になっても。小百合ちゃんは変わらずぼくと遊んでくれたし、まるで弟のように扱ってくれたよ。あの村にしては珍しく、お父さんのやってた着物問屋もうまくいってたしね。『それもこれも、ぜんぶ座敷童子様のおかげ』なんて言われて、浮かれてたぼくがバカだったんだよ。小百合ちゃんとはこっそり、将来は結婚しようかって話までしてたのに……」

「け、結婚……ハルジくんが」

こんなに美味しい鹿フィレ肉を、ハルジくんはいつものご飯のように淡々と平らげ。虚ろな眼差しで、コーラを飲んでいた。

「今でもはっきり覚えてる。村の成人式の日に、小百合ちゃんの晴れ着姿を見てた時だった。珍しく親戚一同が集まってるなと思ってたら、小百合ちゃんの親父さんに別室へ呼ばれて言われたよ。『家業も安泰で、小百合も良縁に恵まれた。座敷童子様にはぜひ、次は小林家に住んでもらいたい』ってさ」

「良縁……って、え？　ハルジくんのこと？　次ってなに？　話が飛びすぎて、ついていけないんだけど」

「田舎の問屋にとっての良縁は、金回りのいい都会の野郎に娘を嫁がせること。婿養子を取って家業を継いで——なんて期待してるのは、頭の古いヤツらだけ。本当に先のことまで考えてるヤツらは、どうやって田舎の村から『出て行くか』を考えてた。小百合ちゃんの親父さんにとっては、都会に店を出す大チャンスだし。田舎で萎《しお》れていくだけの老後も、都会ならお金の力で優雅に過ごせるからね。まさに『良縁』さ」

八田さんの作ってくれた、ベリー系のジャムが乗せられたアイスが溶けていく。

その良縁の相手がハルジくんでないことだけは、誰が聞いても明らかだった。

「これでわかった？　親父さんの言いたかったことは『ウチばっかりいい思いをしちゃあ親戚一同に恨まれるから、次は小林家に行ってくれ』ってこと」

「そんな！　ハルジくんは、招き猫の置物じゃないんだよ!?」

「似たようなモンでしょ。所詮あやかしは、人にあらず。座敷童子なんて、幸運を引っぱってくる『道具』でしかないんだ」

「……そんな言い方、しないでよ」

それを聞いて、ハルジくんの言っていた『幸運製造機』という言葉を思い出した。

「事実だから。それより八田さんたち、そろそろ座ったら？　一緒にごはん食べようよ」

マイキーとダニーの兄弟はザッと肩幅まで脚を広げ、両手を後ろに組んで空を見あげた。その姿はまるで、涙をこらえている様にも見える。

「そんなのあたし、ぜんぜん納得いかないよ。だいたい、小百合ちゃんの気持ちは？　ハルジくんと、結婚の約束までしてたんでしょ？」

「キモチ……ね。せっかくキレイにお化粧したのに、小百合ちゃんは顔をくしゃくしゃにしてさ。泣きながらぼくを抱きしめて、ひとことだけ『ごめんね』って言ったよ。口止めされてたのか、言えなかったのか、そんなことはどっちだっていい。それが田舎のやり方だってことは知ってたし……小百合ちゃんが居なくなったことに、変わりないからね」

その視線をまた、丘から見える青いお花畑に逸らして。

溶けかけたアイスをベリー系のジャムと混ぜながら、ハルジくんは話し続けた。

「お嫁に行く日。小百合ちゃんは、庭に咲いてた青い花を鉢に入れて一緒に持って行った。それがぼくと過ごした記憶の証で、ぼくと一緒になれない代わりだって」

「そっか……やっぱり小百合ちゃんも、ハルジくんのことを」

八田さんの淹れたコーヒーの香りが、ほろ苦く鼻をくすぐる。

こんな気持ちで飲むのは、初めてかもしれない。

「最初の頃はさ。盆や正月とか夏祭りには、必ず帰省してくれてたんだ。なにかして遊ぶような歳でも間柄でもないし……そもそもぼくは、コバヤシ家に移されてたからね」

「……やっぱり、小百合ちゃんの家を出たんだ」

「小百合ちゃんの居ない家に住む理由、ないでしょ」

「まぁ……ね」

逆に居座り続ければ、小百合ちゃんのことを思い出して辛いだけだろう。

結局ハルジくんは、置物の招き猫みたいな扱いを受け入れたのだ。

その時の無感情さが、言葉の端々に表れている気がした。

「そんなことは、別にどうでもいいんだよ。ぼくは、それでよかった。小百合ちゃんが向こうでの話をずっと聞かせてくれるだけだったけど、それでもよかった。小百合ちゃんと結婚できなくても、好きの種類が変わっても、会えればそれでよかった。けど――」

「けど……?」

嫌な予感しかしない。

この話は、絶対そんなことになって欲しくない。

「――次第に帰省するのは、お盆と正月だけになってね。あんなに好きだった夏祭りの花火も、一緒に観ることはなくなった」

「けど、ほら。結婚したら、今まで通りにはできないことが色々と出てくるから」

「そうだね。小百合ちゃんに子どもができたのは、決定的だったよ。孫の顔を見せに帰ってくるのも年に1回、お正月だけになった。ダンナの実家にも行かなきゃならないから、それもできない時があった。せっかく帰って来ても、親戚に子どもの顔を見せて回ったり、帰省してまで家事を手伝ったり。ぼくと話をする時間は……まぁ、仕方ないよね」

結婚して、家を出て、子どもができて――。

それは決して特別なことではなく、避けられないことではあるけれど。

ハルジくんにとっては決定的で、致命的だったと思う。

「そのうち帰省してくることもなくなってきたんだけど、まぁ……それでもよかった」

「なんで？　あたしなら、耐えられないけど……」

「毎年必ず、青い花の咲く季節には手紙をくれてたんだ。一緒に持って行った青い花を枯らしてない――ぼくのことを忘れてない証拠に、押し花を添えてね」

「そっか。小百合ちゃん、ハルジくんのことを忘れちゃったわけじゃ」

「その手紙も、来なくなった」

想像していた、最悪の結末が待っている気がしてならない。

恋バナを聞いて回って、はや90人以上。

体感的には、その半分以上が悲恋で終わっている。

キュンとか甘酸っぱいとか、ハルジくんの恋バナはそういう風に終わって欲しかった。

「手紙が来なくなっても2年は待てた。けど、3年目は待てなかった。ぼくは手紙に書いてあった住所を目指して、楽しくも悲しくもないコバヤシ家を飛び出した」

「まさか、小百合ちゃん……」

「そこは都会の郊外にある、洋風の豪華な一軒家だった。でもチャイムを鳴らす勇気もなくて、窓の外をうろうろしてたんだよ。そのうち日が暮れて、窓に灯りが灯った。そのカーテンを閉めに来たのは、小百合ちゃんだった。どんなに歳を取っても、ぼくが見間違うはずないからね」

「……そ、そっか。小百合ちゃん、病気とかじゃなくて……よ、よかった……かな」

「一気に舞い上がって、玄関に回ろうとした時。ぼく、気づいたんだよね」

「な、なに？」

「庭のどこを探してもさ、青い花がないんだ」

「えっ⁉　いや、それって……ほら、室内で大事に育ててたんじゃ」

「あの花は、鉢植えでは生きられない。大地に根を張って群生しないと、ダメなんだ」

「もしかしたら。ほら、裏口とか別の場所に」

「変わらないものなんてないことぐらい、知ってたけどさ。どんなに好きの種類が変わっても、住んでる場所が離れても、それでも別にいいけど……」

「でも、手紙には青い花の押し花が添えられてたんでしょ？　だったら、手紙は」

「コバヤシ家」

「……え？」

「ぼくに、出て行って欲しくなかったんでしょ。ちょっと考えればわかることなのに……恋は思案《しあん》の他《ほか》って、よく言ったもんだよ。あの花は、どの土地でも咲くようなもんじゃない。あまりにも待ち焦がれると、代筆にも気づかないなんてね」

コーヒーが冷めていくのを眺めながら、ハルジくんはため息をついて立ち上がった。

うーんと背伸びをして、何かを振り払っているようにも見える。

「あーちゃん。この話、もういい？　このあとも、まだ生薬を採って帰りたいからさ」

「え？　あ、うん……ありがと」

「なにが？」

「いや、その……いろいろ、辛いことを話してくれて」

「別に、終わったことだし。今は、あーちゃんがいてくれるからね」

「あ、あたし⁉」

「あーちゃんは、ずっと一緒にぼくと遊んでくれるんでしょ？」

「あたしは、その……テ、テンゴ先生が好き……なんだけど」

「みんな知ってる」

「それでもよければ……あたしは、死ぬまでハルジくんと遊んでたい……かな」

「それ、本気で言ってる？　ぼくの話、聞いてた？」

「聞いてたよ、ちゃんと聞いてました！　あたしは絶対、約束を破ったりしないから！」

「まぁまぁ、そんなに気合い入れなくても——」

ハルジくんが、試すような視線を投げかけてきた。

「——ぼくのことを忘れなければ、それでいいから」

そう告げると、どこからともなく光り輝く恋のカケラが舞い降りてきた。

それを見て、ハルジくんがヤレヤレと肩をすくめている。

「これでようやく、恋バナとして納得するなんてさ。あーちゃんのうしろのヤツ、真剣に根性が捻《ねじ》れてるよね」

「……あたしも、そう思う」

「赤トンボが好きとか……まじ、サイアクのヤツだわ」

ハルジくんの言う「赤とんぼ」は童謡のことかなと思ったのは、帰りの車の中だった。

▽　▽　▽

恋愛百物語を始めて、今日で2週間。

カウントミスがなければ、現在99人に到達している。

「あと、ひとり……あと、ひとり……」

人の話を聞くだけだからイケるだろうと思っていた、あの頃のあたしを叱りたい。

なにが疲れるかといって、心が疲れる。

恋バナとはいえ、それは誰かの人生の一部。

感情移入をしてもしなくても、聞いているだけで気持ちが巻き込まれていくのだ。

耳年増なんて軽く超越して、これはもう僧侶の域。

でもこの苦行も、うしろのアイツがヘソを曲げない限り今日で終わるはず。

そんな期待を抱いて、また江戸川町駅東口にあるファミレスへと向かった。

「ごめんね、司くん。待った？」

「いえ。ボクも今、来たところですから」

相変わらずマッシュウルフのサラサラヘアーが似合う、イケメンを超越した中性的な男子高校生――司くんは、もうすでに席で待っていてくれた。

白のデニムを着こなすとは、かなりのオシャレ上級者さんだね。

あたしなんて、絶対しょう油をこぼしてダメにするから。

「今日はあたしが奢るから、なんでも注文してね」

「いえいえ。お小遣いぐらい、ありますから」

「いいの、いいの。わざわざ出向いてもらってんだから」

うわぁ、なんか目がキラキラしてるじゃないの。

素直でいいね、お腹一杯になるまで食べなさい男子高校生。

ハッピーアワーだから、あたしはハイボールでも飲んじゃおうかな。

なんか最近、人目も気にならなくなってきたし。

「じゃあ、ストロベリーのパンケーキとか……いいですか？」

「んっ⁉　あ、も、もちろんじゃない。いいね、パンケーキ。他には？」

いきなりスイーツの発想が、あたしの頭からなくなっていたとは。

超ヤバいじゃん、オッサンじゃないんだから。

「他にも、いいんですか？」

「いいよぉ。なんだったら、テーブルに全部並べてもいいからね」

「えーっ、だったら……フォンダンショコラと抹茶ババロア、一緒に食べませんか？」

「一緒⁉　おおぅ、いいね。ちょっと、もらっちゃおうかな」

シェアするとか、そんな発想もなかったわ！

だったら、さすがにハイボールは中止しなきゃね。

おつまみに、唐揚げとソーセージグリルを頼もうとしてる場合じゃないって。

まったく、そんなことだから友だちが梨穂《りほ》しかいなくなるんだよ。

「それで、七木田さん。テンゴ先生……どんな具合なんですか？」

ドリンクバーから帰って来るなり、司くんが心配そうにしていた。

「まぁ、なんとか……って、感じかな。寝たきりには、なってないぐらいで」

「そんなに悪いんですか⁉」

「なぜか、あたしが作ったお弁当だけは食べてくれてるけど……あとはずっとイスに座ってぼんやりしてるから、みんなで順番に散歩に連れ出してる。栄養状態と全身状態は、産科の利鎌先生と看護師の宇野女さんが管理してくれてるし」

さっきまでスイーツにキラキラしていた司くんの瞳は、それを聞いて落ち込んでいた。

運ばれてきたフォンダンショコラには、手もつけようとしない。

「……すいませんでした。うちの葵が」

「違う、違う！　言ったでしょ？　葵ちゃんは、あたしがサルベージしたって。悪意があったワケじゃないんだし、もうそれ忘れていいからね！」

「じゃあ……誰なんですか、テンゴ先生にそんな酷い呪いをかけてるの。ボク、ぜったい許せないんですけど」

「でもさぁ、司くん。あたしは、絶対に許せない――とは、思えなくなっちゃってさ」

「どうしてですか⁉　テンゴ先生、そんな酷い目にあってるじゃないですか！」

いつもは穏やかな口調の司くんが、珍しく語気を荒らげた。

「確かにあたしも、最初はそう思ってたんだけどね。それも誰かの『テンゴ先生を想う気持ち』なワケでしょ？」

「え……」

「葵ちゃんの純粋な想いと同じように、追いがけしたその『想い』に罪はないと思うんだよね。逆恨みでもないようだし、その表れ方がマズかっただけで」

もしかすると、あたしがテンゴ先生を想う以上に強くて、あたしより長い時間をかけて積み上げられたものかもしれない。

99個も色んな形の恋バナを聞いていると、人の純粋な想いを「完全な悪者」にしたくないと思うようになっていた。

「……まぁ、そうかもしれませんけど」

「あとひとつ恋バナを集めれば、それも解決するワケだし。テンゴ先生だって、きっと怒ったりしないと思うんだよね」

「その、最後のひとつ。ボクなんかで、いいんですか？」

「なんで？」

「だって……七木田さんの方が、たくさん恋バナがあるんじゃないかと」

「ないない、ない。それにあったとしても、あたしのは無効なんだって」

「そうなんですか」

「それに、この前さ。大学のゼミで一緒だった子たちから飲み会に誘われて、痛感したばっかなんだよね。なんかあたし、みんなと話がぜんぜん合わなかったのよ。だってみんなガチで凄い努力してんだもん、恋も仕事も」

「七木田さんだって、がんばってるじゃないですか」

「ぜんっっっっぜん。比べものにならなすぎて、笑顔と相づちだけでやり過ごしたから」

「それは、言いすぎじゃないですか？」

「それがさぁ。みんなゴリゴリに働いて、残業させられて、無能な上司や嫌な同僚に挟まれてさ。有休も取れなくてだよ？　それでも合コンや紹介があればガンガン参加してるし、資格を取ったり英会話教室に通ったりしてさ。彼氏がいる子は詰め将棋みたいな将来設計を立ててるし、社内恋愛だろうが不倫だろうが、ノールールのやったモン勝ち状態よ」

「でも……七木田さんには、七木田さんのいい所があると思いますけど」

「えー、そう？　あたしみんなから、わりとイラッとした目で見られ続けてたんだけど」

「だってその証拠に、その……テンゴ先生は、七木田さんのことが」

「それ、なんでなんだろうね」

「え……？　自覚、ないんですか……」

「わりと自分でも、人生ナメてる感が強いとは思ってたけどさ。ここまでラッキーが続くと、いつか倍ぐらいのアンラッキーが返ってくるんじゃないか、さすがに心配だよ」

「ラッキーだけで、テンゴ先生は七木田さんのことを……好きにならないと思います」

「そうかなぁ。けど、誰だったかな……エラい人が言ってた気がするんだよね。『人生ナメるが勝ち』って。忘れたけど。だからまぁ、今はこれでいいのかなって」

ようやく司くんが、ぷはっと笑った。

そんな笑顔を浮かべられたら、クラスの女子の70％は心を折られると思う。

「気がするって、七木田さん……結局それ誰が言ったか分からないですし、最後は忘れたとか……話の内容がテキトーすぎて」

「だよね。なに言ってるか、わりとわかんないよね」

「くくっ……すいません、つい……笑っちゃって」

こうして話をしていると、司くんはごく普通の高校生だ。

学校には行けてないけど、決して部屋から出られないワケじゃなく。

社会の集団生活に馴染《なじ》めないだけで、別に勉強ができないワケでもない。

日常生活に支障はないけど、社会生活には支障が出るため、人からは「怠けている」ようにしか見えないという。

でもそれは同調圧力に負けてしまう前に、そこを立ち去っただけのこと。

テンゴ先生はそういう状態を「社会的引きこもり状態」と言っていた。

つまり司くんに合う社会環境があれば、いつでも部屋を出て行ける。

人間関係が濃密な田舎は苦手で息苦しい人も、隣室の人の名前も仕事も知らない都会の生活は意外に楽だったり。

逆に都会で孤独を感じていた人が、田舎に住みやすさや居場所を感じたり。

適材適所という言葉で、だいたい説明がつくとも言っていた。

「ていうか、ごめんね司くん。なんか、あたしばっか話しちゃって」

「いえいえ、ぜんぜん気にしないでください。ボク、人の話を聞くの好きですから」

司くん、なんか話しやすいんだよね。

ハルジくんの弟感とも違うし、この感覚ってなんだろう。

梨穂と話をしてる感じに、限りなく近いかな。

「挙げ句に、バカな話ばっかりだし」

「きっとテンゴ先生は、そういう七木田さんが好きなんじゃないですか？」

「えっ⁉　司くんから見ても、あたしってバカっぽい⁉」

「あはは、違いますって——やっぱ、七木田さんには敵《かな》わないなぁ」

「えぇ……あたしこそ、司くんには勝てないと思うんだけど」

「いやいや。なんで七木田さんが、ボクと競うんですか」

「だって司くん、ずっと葵ちゃんの面倒をみてるじゃない。この前お母さんに聞いたら、料理とか裁縫もできるんでしょ？　園に持っていく物、だいたい作っちゃうって」

「……母は、そんなことまで言ったんですか」

なぜか不意に、司くんの表情が曇った。

あたしならドヤ顔で自慢するけど、デリケートだから知られたくなかったのかも。

「あ、ごめん……なんかあたし、無神経だったかも」

「そんなことないですよ。それよりこれ、一緒に食べましょうよ」

そう言って司くんは、運ばれて来たパンケーキを切り分けてくれた。

いつの間にか取り皿までもらってくれてるし、めちゃくちゃ気が利いている。

テンゴ先生の完璧さとはまたちょっと違う、いま流行りの女子力の高い男子なのだろう。

「ありがと。今さら感がハンパないんだけど、よかったら司くんの恋バナを――」

やはり司くんは、気乗りがしないのだろうか。

抹茶ババロアをひとくち食べながら、微妙に視線を落とした。

「――あ、いや。話したくなかったら、いいんだよ？　また別の人を」

「いえ、そういうんじゃないんですけど」

「けど、なんか言いにくそうだし」

「言いにくいっていうか、短いっていうか……恋バナにすらなってないんですよね」

「それなら、大丈夫だよ。アイツ、八田さんが『向こうにいる妻に許可を得ていないので話しづらいのですが』って言った瞬間に合格出したから」

軽く笑ってくれたものの、それは口元だけだった。

やっぱりあたしは、雑で無神経すぎるのかもしれない。

「ボク、保育園の頃に先生を好きになって――」

それでも司くんは、ゆっくりと話し始めてくれた。

これはわりと聞いたことのある、学校の先生を好きになっちゃった系の話に違いない。

それなら思ったより、悲恋系にならないはず。

この七木田亜月、恋バナを99個も聞いてきたのは伊達じゃないからね。

「――何回か園の子に告白されたらしいんですけど、ぜんぜん興味なかったみたいで。今ではもう、その子のことを覚えてもいないんですよね」

「あー、あるよね。大丈夫、全然フツーだと思うよ」

「だから葵のこと、あまり怒れなかったんです……」

「まぁ、まぁ。それはもう、いいじゃない」

「けど、小学生になっても変わらなかったんです。やっぱり好きなのは、先生で」

「あれじゃないかな。大人への憧れ的なヤツ？」

「……だと、いいんですけど。それ、中学生になっても変わらなくて。さすがにちょっと、自分でもどうかしてるなって」

「そんなことないって。あたしの田舎でも女子校に行ってた友だち、わりと先生のことガチで好きになってたし。時々だけど、高校卒業してフツーに結婚する子とかいたよ？」

なんのフォローにもなっていないのか、司くんの表情は変わらなかった。

こういうところ、あたしは話《は》し下手《べた》なんだと思う。

「それで、先生のことを好きになった理由を考えたっていうか……逆になんで小学校でも中学校でも、告白してくれた女子のことを『好きになれなかった』のか、いろいろ考えてみたんですけど――」

司くんはあれかな、高校に行ってもまた学校の先生を好きになっちゃったのかな。

だから悩んで、学校に行けなくなっちゃったのかも。

「――先生が好きだから、以外の答えが見つからないんです」

その瞬間。

いつもの光り輝くカケラが、頭上からゆっくりと舞い降りてきた。

「えっ、なにこれ……もう、合格なの？」

司くんが辛そうに話してるから、アイツが気を使ったのかな。

ああ見えても仏なんだね、やっぱ性根はいいヤツなんだわ。

「ボクの話……恋バナとして、合格なんですか？」

「みたいだね。フツーにいい話だったし――って、司くん⁉」

そのカケラを見つめていた司くんの頬を、一筋の涙が流れていた。

やはり平気そうに見えても、かなりの負担をかけてしまっていたのだ。

「大丈夫⁉　ごめんね、あたしが無神経に色んなこと聞いたから」

「違うんです、七木田さん」

「だって、司くん」

「嬉しいんです」

「……え？」

「初めてボクの話っていうか、ボクの気持ちを認めてもらえて……この気持ちを否定されなかったことが、すごく嬉しいんです。だってこれは――」

「司くん……？」

「――いくら大事に温めても、孵《かえ》らない卵だと思ってたから」

たぶんあたしには理解できない司くんの純粋な気持ちを、汲み取ってあげたのだろう。
うしろのアイツが何かを理解してあげたのなら、とりあえず良かったと思う。
それ以上のことは聞けなかったけど、おかげで最後の100個目は手に入った。
果たしてこれで、なにが出てくるのやら。
そんなあたしにも、ひとつだけハッキリわかったことがある。
もっと人の気持ちがわかる人間にならないと、あたしダメだわ。

【第4章】境界線のないスペクトラム

その日、あたしの部屋はヤバい空気に満ち満ちていた。

集まったのはタケル理事長、ハルジくん、八田さん、三好さん、そしてあたし。

あの温厚な三好さんまでその全員がキレ気味に、毘沙門天を取り囲んでいる。

『お、おまえら……何度も軽々しく呼び出しやがって、仏をナメてんのか』

軽く怯《ひる》んでいる仏の姿なんて、なかなか見られるものじゃないけど。

そんなことはどうでもいいぐらい、コイツだけは勘弁ならない。

もうお祭りなんて、録画の再生すらしてやる必要ナシ。

それぐらいあたしがキレかけていると、背中からボワンと簡単に出て来たのだ。

「それ、こっちのセリフなんだけど。守護霊だからって、あたしをナメてるでしょ。なにしても、テヘペロで許されると思ってるでしょ」

『あぁ？　なに勝手にキレてんだよ、思春期か？　反抗期か？　今どき「テヘペロ」とか言うやつ、いるかボケぇ』

元からしかめっ面なのに、さらに憎々しく眉間にしわを寄せて威嚇《いかく》している。

それを見て最初に一歩詰め寄ったのは、ハルジくんだった。

「あんたさぁ。ぼくの恋バナに合格を出すタイミングとか、わりとムカついてたんだけど……さすがにこれは、誰でもキレるでしょ」

『あんた、だとォ？　座敷童子が毘沙門天にケンカ売るたァ、いい度胸だコノヤロウ』

次に詰め寄ったのは、タケル理事長だった。

「座敷童子だろうが、貧乏神だろうが、関係ねェんだよ。おまえ、うちの亜月ちゃんになにしてくれちゃってんの？　守護霊のクセに、宿主を弱らせてんじゃねェよ」

『宿主……仏を寄生虫みたいに言ってんじゃねぇ！』

くわっ、と手にした宝棒《ほうぼう》を掲げる毘沙門天だったけど。

八田さんはそれに怯むことなく、懐に手を突っ込んだまま一歩前に出た。

「わたくしが仕えているのは、あくまでも『あなた様を背負った』亜月様。八咫烏《やたがらす》が仏に刃向かうのは、不遜かとは存じますが――この八田孝蔵。それが亜月様を苦しめるような仏であれば、冥府魔道《めいふまどう》に落ちようとも刺し違えるぐらいの覚悟はできておりますが？」

『が？　じゃねぇよ、落ち着けや！　八咫烏が目を血走らせてんじゃねぇっての！』

思ったよりみんなのキレ具合が強すぎて、あたしの方が少し冷静になってきた。

ハルジくんとタケル理事長はまだしも、八田さんのキレ具合はちょっとヤバいレベル。

いつもニコニコしている三好さんが無表情のまま詰め寄るなんて、見たことがない。

「おれ、タマちゃんとのことを恋バナとして認めてもらった時……嬉しかったんだよー。あぁ、この方はわかってくれたんだ……こんなおれでも、七木田さんやテンゴさんの役に立てるんだってさー。なのに、それなのに……こんな仕打ち、ひどいよね……」

うつむいてフルフルと震えていた三好さんの体が、ビキビキと筋肉を収縮させ始めた。

その隆起する力の塊に、作業着が耐えられなくなっている。

三吉鬼が自我を失ってフルパワーで暴れ出したら、さすがにヤバいよね。

『は？　なにオマエ、本気でキレる感じなの？　仏とやり合おうっての？』

あんたも、なにかっちゃ宝棒をかざして威嚇してんじゃないよ。

この場を収められるのは、あんただけでしょうに。

その姿を見て指をポキポキ鳴らし始めたのは、意外にもハルジくんだった。

そういえばハルジくん、河童《かっぱ》の琉生《るい》くんと一緒に総合格闘技を習ってたような。

「三好さーん。こいつ、この棒がなかったら意外に弱いんじゃない？」

『ハァ!?　てめ、完全に毘沙門天をナメてんなァ！』

「うん……そうだね……おれとハルジさんの、ふたりがかりなら……」

『待て、待てェ！　ふたりがかりなら仏に勝てるって発想、どうかしてねぇか!?』

ついに三好さんの作業着は、上半身が筋肉の膨隆に耐えきれず破れ始めた。

「3人ですぞ。わたくしの存在も、忘れてもらっては困りますが？」

八田さんが執事服の上着を脱いだと思ったら。

いつも涼しげなタケル理事長まで、姿勢を低く落としてタックルに行く構えだ。

「よーし、おまえら。オレはあの棒を取っちまうから、あとはなんとかしろよな」

コイツからこの宝棒を取ったら、マジで弱いんじゃないかと思えてきた。

4対1で臨戦状態になった毘沙門天は、仏としてどうかと思うぐらい動揺している。

『なんだ、この流れ！　おい、亜月！　黙って見てないで、なんとかしろやァ！』

この部屋で乱闘が起こっても、それでテンゴ先生が元に戻るワケじゃないし。

先生がよく言ってた、問題解決型の発想じゃないよね。

まったく、なんであたしが仏とのケンカを仲裁しなきゃなんないのよ。

「まぁ、まぁ。みんなの気持ちはコイツにも、よぉぉぉ――っく伝わったと思うからさ。

ちょっと言い訳でも、聞いてみる？」

「……まぁ、あーちゃんがそう言うなら」

「七木田さんは、それでいいのかい？」

「亜月様は、クッ――お優しすぎますぞ！」

「仕方ねぇなァ。オレら、わりと真剣に勝つ気でいたのに」

渋々だけど、みんな少し冷静になって毘沙門天から距離をおいてくれた。

それを見て、毘沙門天はもの凄く不服そうだ。

『なんでオマエら、亜月の言うことなら聞くわけ⁉』

「もう、いいから。それより、これの説明をしてもらおうじゃない」

あたしとみんながキレた原因は、このテーブルの上に集められたカケラの山にある。

2週間かけて必死に恋バナを聞いて回り、100人から集めた恋のカケラだけど。

怪談百物語とは違い、恋愛百物語は「なにも姿を現さなかった」のだ。

『おう。よく集めたな、亜月』

ピキピキッと、再びみんなの表情が引きつった。

あーホント、正座させてその宝棒で小突き回してやりたいわ。

「で？　恋の『なに』が現れて、テンゴ先生にかけられた呪いが解けるワケ？」

『ハァ⁉　それは、組み立ててからの話だろ⁉』

「ハァ⁉　これ、立体ジグソーパズルなの⁉」

だとしたら、最悪の代物だろう。

なにせこの100個のピースはすべて白なので、色で区別することすらできないのだ。

『ほんとオマエら、他人頼みにもほどがあるよなァ。人様から恋の物語を聞かせてもらうだけで「はい終了」って、フツーなるか？　英語の聞くだけ教材じゃねェんだぞ？』

「たとえ話がマジでムカつくね。ホントは中に、誰かオッサンが入ってんじゃないの？」

『だいたい、考えてみろや。そこにオマエの願いや想いは入ってねェだろうが』

「あー、まぁ……人の恋バナだからね」

『お百度参りと同じだっての。その１００個のカケラは、恋の濃縮還元エキスよ。だったらあとは、オマエがオマエ自身の心願成就のために組み立てるしかねぇだろう』

みんなが一斉に舌打ちした。

たぶんあたしと同じで、ちょっと正論っぽいことを言われてイラッときたのだ。

『それを、なんだよオマエら。まるで無慈悲な仏みたいに――痛《いた》っ！』

ぐいっと毘沙門天を押し退けて、ハルジくんがカケラの山の前に座り込んだ。

「もう、わかったから。帰れよ、バーカ」

『なっ!?　てめェ、コノヤロウ――痛っ！』

今度はタケル理事長に、肘《ひじ》打ちを食らいながら押し退けられた。

「どけよ。まったく……なんでこう神や仏ってのは、旧石器時代のスポ根みたいな展開が好きなんだかよ。おい、ハルジ。もうちょっと、そっちに詰めろ」

『待てコラァ！　いま肘入れただろうが、肘ィ――ッたア！』

八田さん、すれ違いざまにアイツの足を踏んだね。

冥府魔道に行く覚悟、本気であるんだね。

「どれ。わたくしも老眼鏡さえあれば、この程度のパズルごとき」

『八咫烏ゥ！　今の、踵《かかと》だろ⁉　踵で踏むとか――』

まで言って、さすがに三好さんの一撃を警戒して身を引いた毘沙門天。

まぁ、そこまでバカじゃないってことで。

「おれ、パズルは苦手なんだよねー」

やることさえ分かれば、あとはもう用なしというこの空気。

ほんと仏のくせに、アンタもうちょっと徳を積んだ方がいいんじゃないの？

まぁいいや、ともかく早く組み立ててテンゴ先生を解放してあげないと。

「じゃあ、あとはみんなで――」

『あーっと、ダメダメ！　それ、全然ダメだし！』

小学生か。

そんなに悔しいか。

「――もう、マジでアンタに付き合うとイラつくからさ。引っぱらずに答えだけ言って」

『オマエらが、人の話を聞いてねェだけだろ⁉』

「聞いてたって」

『言ったはずだぞ、亜月。オマエが、オマエ自身のために組み立てるしかねェって』

「は？　それって、あたしひとりでやれってこと？」

『当たり前だろうが。この毘沙門天様こそが深沙大王様であり、縁結びと恋愛成就の神さまとして崇められてるって言ったよなァ』

「様、様、うるさいよ。それもう、前に聞いたから」

『鼓膜を通過しただけで、ぜんぜん聞いてねェな！』

「聞きました！」

『だったらこの中に深沙大王様を後ろに背負ってるヤツがいたら、手ェ挙げてみろ！』

「あ……」

そうか、そういうことか。

悔しいけどコイツを背負ってない人の手で組み上げても、効果がないってことだわ。

どうやらみんなも気づいたらしく、毘沙門天に噛みつく人は誰もいなかった。

『やっと理解したか。オマエらが天邪鬼のことを好きなのは、知ってんだよ。好きの種類が違うからダメとか、男だからダメとか、そんなくだらねェこと言ってんじゃないの。この恋愛百物語は秘奥義《ひおうぎ》なの、究極奥義なの。今まで、聞いたことなかっただろ？』

「……まぁ、初耳だったけど」

『深沙大王様を背負ってる亜月だからこそ、成し得る業なんだよ。これで納得したか？』

もうこれ以上、反論の余地はない。

みんなそろって、見計らったように大きなため息をついた。

『そうそう、そういうこと。わかったらオマエらは、亜月のサポートに回れ』

渋々と悔しそうに、みんなはテーブルから立ち上がった。

そうして目の前に残ったのは、全部でひと抱えぐらいになった恋のカケラたちだけ。

「テンゴ先生のためだもん……あたしが、やるしかないよね」

『いいぞ、亜月。その意気や、ヨシ。これがいわゆる、人事を尽くして仏の慈悲を』

「あたしが待つわけないでしょ」

『ハァ⁉』

「そんなことわざ、聞いたことないし。ともかくあたしがひとりで、これを組み上げればいいだけのこと。どうせ何が組み上がるか、アンタ知らないんでしょ？」

『え……なんでそれを？』

「人が人を想う気持ちってね、それぞれ様々なの。言ってしまえば、なんでもアリなの。だったらこれが何になるか、アンタにもわかるはずないよね」

『そう、そう。人の想いは、千差万別』

「恋バナを100個も聞いてりゃ、そんなの誰だって気づくから」

『なんか、エラそうだなァ……』

「しかも、どうせアレでしょ？　たった1度だけしか使えない的なヤツなんでしょ？」

『当たり前だ、バカヤロウ。人間の欲望や願望なんざ、数量限定でなきゃキリがねェ』

「……なにが組み上がるかもわからず、使えるのはたった1度きりか。まぁ、いいでしょ。

テンゴ先生が元に戻れば、そこから先のことなんてどうにでもなるし」
『守護霊の仏が言うのもアレだが、オマエずいぶん根性入ってきたなァ』
「いずれアンタみたいな守護霊、要らなくなったりしてね」
『言ってろ、バーカ』
あたしは最近、自分のことを結構わかってきたつもりでいる。
臨機応変だとか、クリエイティヴなことだとか、そういうのは苦手だと知っている。
でもこれは、ただの組み合わせパズル――。
それが１００個だからって心が折れるほど、あたしはヤワじゃないんだよ。

▽　▽　▽

１００ピースの立体ジグソーパズルは、己との孤独な戦いだった。
まずは、大雑把に似たような形で分けてみることから始めた。
どうやら正しい凹凸を組み合わせると、うっすら光ってくれる親切設計らしいけど。
こっちは完成図なしでやってんだから、それぐらいしてくれてもいいと思う。
究極的には地獄の「１００ピース総当たり戦」をすれば、いつかは完成するだろう。
でも根性と気合いを入れて、立体ジグソーパズルに取り組むからといって。

闇雲に完徹《かんてつ》をしたり、頭に霧がかかって体が悲鳴を上げているのに栄養ドリンクなんていう「プラシーボ」を飲んで「ヤレる気」になっても仕方ない。

パズルは集中力――。

集中力の維持には「十分な睡眠と血糖」が必要だと、テンゴ先生がいつも言っていた。

だからあたしは毎日深夜1時には寝て、朝7時に起きている。

ご飯は腹八分目でやめて、満腹感による眠気をできるだけ減らし。

もちろん低血糖を避けるため、2時間に1回は氷砂糖をガリガリとかじっている。

気づかないうちに陥る脱水と塩分低下の対策に、飲み物は全部ポカリスエット。

飽きてきたら、おやつ代わりに森永のｉｎゼリーで１８０ｋｃａｌを摂取。

明日から名字を、大塚か森永に替えられるレベルだ。

エコノミークラス症候群になるのを防ぐため、ストレッチも欠かさない。

肩と足腰の血流回復のため、シャワーではなく湯船につかっている。

そんな生命維持のための時間を除けば、毎日ほぼ15時間ぐらいパズル漬け。

誰よ「これはただの組み合わせパズル」なんて、キメ顔で言ったあたしは！

バラバラの１００個に軽く心が折れてるあたし、めちゃくちゃヤワなんだけど！

「んなぁぁぁぁ――ッ！」

そんな座りっぱなしの生活が、3日目の朝を迎えた頃。

一番パーツが多くてシンプルな形のピースを、コツコツと面当てしながら組んでいたら。

なんとなくそれが「棒状」の部分に組み上がっていくのが、ようやくわかってきた。

「おーっ、ほっほっほっほっ！　ようやく姿を現したようね、恋の百物語さん！」

「あーちゃん、大丈夫？　今日は、いつもよりヤバいね」

冷蔵庫のポカリスエットを補充に来たハルジくんが、わりと真剣に引いていた。

独り言が多かったり奇声を上げたり、どうもすいません。

「ついにね。その全貌……まではわからないけど、一部が見えてきたのよ」

「あ、ほんとだ。なにこれ、棒？」

「毘沙門天の宝棒にしては、残りのピースがそれっぽい感じじゃないんだよね」

それが「何か」の想像さえつけば、完成図をもらったようなもの。

棒状のパーツを持つ「何か」ということが、今日ようやく見えてきたのだ。

「たしかに……でも恋愛とか恋とか、絶対そういうのに関係あるアイテムだよね」

ハルジくんは決してカケラには触れようとせず、その全体像を想像している。

触らなければ、アイデアを出すぐらいはいいでしょうよ。

これで文句を言ってきたら、アイツまじで粗大ゴミシールを貼って捨ててやるから。

「あっ!?　あたしの貴重な『テンゴ成分補充時間』じゃない！」

時計の針は、午前10時を指している。

あれからテンゴ先生は、日増しに自発的な活動が減ってきている。

ともすれば、寝て起きてご飯――といっても、あたしが作ったお弁当だけ――を食べて、あとは1日ずっと部屋でイスに座っている。

午前11時までの陽の光を浴びないと、睡眠覚醒リズムが崩れるということは、みんなもテンゴ先生から聞いていた。

だから血流促進と足の裏の深部知覚刺激、カルシウムとビタミンDの活性化、筋力低下予防も兼ねて、毎日交代で先生を連れてお散歩に出かけているのだ。

「あー、それなんだけど……今日は、ぼくが行ってくるよ」

「ハァ？　なに言っちゃってんの。あたしがそれだけを生き甲斐にして、今ここにある苦痛に耐えてるの知ってるでしょ？」

「それはそうだけど……でも、ちょっと今日は」

「なんでよ。これを組み始めてからは、毎日あたしに行かせてくれるって――」

いつの間にか部屋の入口に、タケル理事長が立っていた。

そして何故か困り果てているハルジくんの肩を、ため息と共に軽くぽんと叩いた。

「亜月ちゃんに、行かせてやれよ」

「けど、タケさん……」

「亜月ちゃんだからこそ、知っておくべきじゃないか？」

それを聞いて、ハルジくんまでため息をついている。

なんでよ、あたし今めちゃくちゃテンゴ成分が足りてないんだから。

「なんだか知らないですけど。あたし、ちょっと先生とお散歩に行ってきまーす！」

「亜月ちゃん」

すれ違いざま、タケル理事長があたしの腕をつかんで引き止めた。

「な、なんですか」

「一時的なものだから、気にするなよ？」

「だから、なにをですか」

「なんでもいいから。ともかく、オレと約束してくれねェか。気にしないって」

「はいはい、わかりました。なにも気にしません。これでいいですか？」

「……約束、したからな」

複雑な顔をしたあと、ようやくタケル理事長は腕を離してくれた。

深層心理ダイビングに始まって、恋バナ集めをして、今は立体ジグソーパズルですよ？

今さら、なにを気にするんですか。

洗面所でちゃちゃっと歯を磨いて、顔を洗い。

時間が惜しいので髪だけ整えたら、急いでテンゴ先生の部屋をノックした。

「先生。お散歩に行く時間ですよー」

「あぁ、いま行く」

ほら、フツーに出て来たじゃないの。

無造作ヘアーの淡麗系メガネイケメンで、量販店の服で揃えてもやたら似合っている。

どこからどう見ても、いつもの——あたしのテンゴ先生だ。

「大丈夫ですか？　今日は、少しぐらい寝れましたか？」

「まぁ、断眠だが……少しは」

さすがに体重は6kgほど落ちちゃったから、かなりやつれてしまったけど。

そんなのすぐに戻りますよ、あたしがあと少しで終わらせてみせますから。

大丈夫です、こんなことぐらいであたしは涙ぐんだりしませんからね。

「あっ、気をつけてくださいよ？」

「……ありがとう」

玄関でスニーカーを履くときに、ちょっと肩を貸してあげたけど。

そんな弱々しい先生も、あと少しで終わらせてあげますからね。

だからこんなことぐらいで、あたしは涙ぐんだりしませんって。

日差しが強くて開放的な家の外へ出て、今日はどこへお散歩に行こうかと考える。

先生の体力的にも、あたしの時間的にも、30分ぐらいが限度なんだよなぁ。

先生、ずいぶん弱々しくなっちゃったなぁ。

そう考えるだけで、鼻の奥がツーンとして泣きそうになった。

「そうだ。今日は、隣の東江戸川町駅前まで行ってみますか？」

クリニックを出て、見慣れた江戸川町の景色を眺めながら。

こうしてテンゴ先生の隣を歩いている時が、今は一番——。

「聞いた話なのだが。毎日食べているあの弁当は、キミが作ってくれているらしいな」

——それを聞いた瞬間、頭の中にフラッシュが焚かれて真っ白になった。

「え……キミ？」

「おそらく強迫的なものだと思うのだが、今の俺はあれしか口にする気になれなくて。毎日、本当に感謝している」

「そうじゃなくて……先生、違くて……」

何気ない素振りで振り向いた先生が、あたしの手の届かない場所へと消えていく。

そしてタケル理事長の言葉が、フラッシュバックした。

——一時的なものだから、気にするなよ？

「キミが俺の面倒をみてくれているということは、あやかしかそれに近い存在だと思うのだが……不思議と天邪鬼のクォーターである俺にすら、考えていることが読めないとは」

「先……生……まさか、あたしのことを……」

「どこかで、お目にかかっただろうか」

そこから、一歩も動けなくなった。

先生の記憶から、あたしが消えている。

先生とあたしで作られたはずの景色が、先生の中には存在しないのだ。

「そんな、こと……だって、そんな……」

「大変申し訳ない。この状態になってから、記憶の一部が『黒く塗りつぶされている』感じになってしまい。なんと言えばいいか……まるでフィルム映画をカットせずに、黒塗りで編集しているような……そういう、妙な感覚だ」

「みんな、忘れちゃったんですか……」

「いや。理事長をしてくれているタケルや、薬局のハルジ、昔からの顔なじみである三好さんや八田さんは、不思議とすべて覚えているのだが。その合間に居るはずの、誰かの記憶だけが思い出せない。かといって、それをカットするのも躊躇《ためら》われるし」

あたしです、七木田亜月です——と、大声で叫びたかった。

黒く塗りつぶされた記憶が、切り取られてしまう前に思い出して欲しかった。

医療事務で雇われて、2階に住まわせてもらって、あたしは先生が大好きで——。

抱きついて泣き叫んでも、それで先生があたしのことを思い出すとは思えなかった。

そんなことで消せる呪いなら、もっと簡単に決着がついているはず。

今あたしにできることは、先生にこれ以上の心理的な負担をかけないこと。

間違っても、泣いたりしちゃダメだけど——。

「痛《いた》っ」

「どうした」

「ちょ、目に……砂が入って……」

あたしは、そんなに強い女じゃなかった。

ぼろぼろと溢れてくる涙をごまかす方法も、こんなことぐらいしか思いつかない。

でも、声を出さずに泣くことぐらいはできる——今は、これが精一杯だ。

「こすらないで。これで、軽く押さえて」

いつもスマートなテンゴ先生は、ハンカチを差し出してくれた。

それがさらに、あたしから涙を引きずり出していく。

絶対、声だけは出して泣きたくない。

「ありがとう、ございます……すいません、ほんと……役立たずで、すいません……」

「いや。謝らなければならないのは、おそらく俺の方だと思う」

「……え？」

「キミがなんという名前なのか、思い出せない。毎日あの弁当を作ってくれ、散歩にまで付き合ってくれている。それはつまり、昨日今日に始まった関係ではないということだ」

「先生……」

「すると俺の中で黒く塗りつぶされている記憶は、キミとの記憶なのだろう。きっと大切な人だから、フィルムから切り取ってしまうことを躊躇っているのだと思う」

あたしの涙が止まるまで、先生は立ち止まったまま見つめていた。

だからあたしは、みすぼらしく泣き続けるわけにはいかない。

「あ、すいませんでした……ゴミ、取れたみたいなんで」

先生は不意に目の前まで顔を近づけ、あたしの両目をチェックしてくれた。

なんとか止めようとしていた涙が、また鼻の奥からツーンと込み上げてくる。

「戻ったら、目薬を処方するから」

「いえいえ……大丈夫です」

そこで、テンゴ先生の動きが止まった。

澄んだ綺麗な瞳が、まっすぐに突き刺さってくる。

「名前、教えてもらってもいいだろうか」

あたしの名前を聞けば、もしかしたら先生は思い出してくれるかもしれない。

そんな微《かす》かな望みを込めて恐る恐る告げた、あたしの名前。

「な、七木田……亜月、ですけど」

「……ナナキダさん？」

「はい……」

少しでも、あたしのことを思い出してくれましたか？

ひとつでも、一緒に過ごした出来事を思い出してくれましたか？

「仕事は、なにを？」

「受付……医療事務を、していました」

「今は？」

「き、休職中……です」

これをきっかけに、消えかけた記憶が蘇るかもしれない。

誰かに追いがけされた呪いなんて、あたしたちの思い出の前には無力かもしれない。

こういう問題を解決するのは、だいたい「ふたりの想い」だと相場は決まっている。

そしてテンゴ先生はにっこりと笑顔を浮かべて、あたしの肩を軽く叩いた。

「うちは今、受付と医療事務を募集している。俺のこの状態が元に戻ったら、その……よかったら、面接に来てもらえないだろうか」

そこから先のことを、あたしは覚えていない。

気づけば散歩から帰って、お昼に先生が食べるお弁当をキッチンで作っていた。

そんな姿を見て、声をかけてくれたのはタケル理事長だった。

「亜月ちゃん、大丈夫か？　やっぱ、オレかハルジが行けば」

「大丈夫ですよ？」

「……両目を腫らして、そうは見えないけど」

「あたし、もう泣いてませんから」

「……亜月ちゃん？」

淡々とお弁当を作っていた手を止め、タケル理事長を振り返った。

「じゃあ、聞きますけど。別れた女が泣き叫んで、わめいて、すがりついて、目の前で全裸になったら、タケル理事長はヨリを戻すことってあるんですか？」

「え……ちょ、なに言ってんの？　それとこれとは」

「同じですよ。問題解決型っていうのは、情に訴えるものじゃないんです」

「そりゃあ、まぁ……そうかもしらんけど」

「あたしがやることは、ひとつしかないんです。あのバカげたパズルを、すばやく、静かに、徹底的に完成させること——気持ちではなく、意志が決め手なんです」

「亜月ちゃん……」

悲しさや悔しさが、あたしの中で音も立てずに消えていくのがわかった。

そして最後に残ったのは、氷のように無感情な冷静さの塊だけだった。

▽　▽　▽

もちろん、あたしがあんな辛い思いをしたくないというのもあるけど。

テンゴ先生のお散歩は、八田さんとタケル理事長に任せた。

あたしには、一秒でも早くやり遂げなければならないことがある。

真っ白い立体パズルの組み立て4日目は、そのまま駆け抜けて完徹となり。

5日目も、すでに日が暮れようとしていた。

あたしがこんな無茶をするようになったのは、別に絶望が虚無を生んだわけじゃない。

棒の部分がだいぶできあがってきた頃、その全体像にひとつの予想がついたからだ。

「これって、まさか……」

そして予想を元に残りのピースを区別し直した時、それは確信へと変わった。

あまりにも直線的な部分が長すぎて、全体の8割以上が棒状のものではないかと。

これは、そんなに複雑な構造をした物ではないのではないかと。

そしてテンゴ先生の呪いを解くことができて、しかも恋愛に関係がある物——。

念のため、みんなに集まってもらって最終確認をお願いした。

「これって、間違いないよね……ハルジくん」

「大丈夫だよ、問題ない。タケさんも、そう思うだろ？」

「ここまできてそれが違うんなら、オレは焼き討ちの準備をする。八田さんは？」

「間違いございません。あとは組むだけでございますぞ、亜月様」

「七木田さん、もう少しだよー。がんばるんだよー」

あたしの予想にみんなが賛成してくれたのは、大きな心の支えになった。

時計の針が進む度、テンゴ先生の中であたしが切り取られていく不安に怯えている。

塗りつぶしではなく、消失。

でもそんなことを、いちいちテンゴ先生に確認している時間がもったいない。

残りは、あと23個。

たとえ真っ白とはいえ、完成形が想像できてしまえば難しい物ではない。

「あーちゃん、それ右」

「あーっと、亜月ちゃん。そっちは、そのままだろ」

「であるならば。あちらの尖ったものは、端でございましょうな」

「だよねー。だったら丸っこいやつは、先っちょじゃないかなー」

これぐらいはいいでしょ、別に直接手を下してるワケじゃないんだし。

今さらダメ出しなんてしたら、あたしもタケル理事長と一緒に焼き討ちの準備するから。

「間違いないよね？　絶対、そうだよね？　ね？」

ラスト5ピースの時点で、他に疑いようのない形ができあがっていた。

最初は気の遠くなるような、真っ白い100個のピースだったけど。

最後の1ピースをはめ込んだ時、すべての苦労は報われた。

「で……できたァ――ッ！」

その瞬間、それは目のくらむような閃光に包まれて。

やがて姿を現したのは、紅白に彩られた矢――。


いや、神社でよく見かける「破魔矢《はまや》」だった。


喜びの雄叫《おたけ》びを上げる前に、ハルジくんが抱きついてきた。

「あーちゃん、やったね！　あーちゃんなら、やれると思ったよ！」

「ちょ――ハルジくん！　ほっぺ！　ほっぺがグリグリってァ――ッ！」

タケル理事長も被さるように、いい匂いをまき散らしながら抱きしめてくる。

「さすがは、ウチの亜月ちゃんだァ！　極《き》める角度が違うなァ！」

「タケ――ちょ待っ、苦しい！」

そして八田さんは、安定の男泣き。

「クッ――この八田孝蔵、亜月様に仕えて……これほど嬉しいことはございませぬ！」

「良かったよー、七木田さーん！」

「み、三好さんは、握手ね！　ハグされたら、みんなのアンコが出ちゃう！」

あたしを中心に、何かの大会で優勝したレベルの祝勝会っぽくなってるけど。

みんな忘れてませんか、これですべてが解決したわけじゃないんですよ？

この「破魔矢」で、テンゴ先生の呪いを――。

「あれ？　でもこれって『矢』ですよね。『弓』は？　それともこれ、投げるの？」

さすがは八田さん、すぐに襟を正してキリッと説明してくれた。

「正式には『破魔弓』とセットでございますが、それはあくまで神か神主レベルに破邪の力を持つ者が用いるためのもの。一般には破魔矢のみで効力を発揮するうえに、これは深沙大王を背負われた亜月様が組み上げられたもの。邪念や邪気を破る力は十分かと」

「そっか。じゃあ、これでようやく」

顕現《けんげん》したばかりの破魔矢を握って立ち上がろうとした瞬間、目の前がチカチカッと黄色く点滅して体のバランスを崩した。

「亜月様！」

とっさに八田さんが支えてくれなかったら、間違いなく顔から崩れ落ちてガラステーブルを砕き割っていただろう。

「あ、すいません。ちょっと、立ちくらみが」

「少しお休みください。この破魔矢はわたくしどもが責任を持って、テンゴ院長先生に」

「ダメです」

「亜月様……」

「意地になってるんじゃないんです。アイツの言ったことを、思い出してください」

「……毘沙門天様の？」

「まぁ深沙大王でも、どっちでもいいんですけど。組み始める前にアイツ、ハッキリと言ったじゃないですか。『オマエがオマエ自身の心願成就のために組み立てろ』って。それってたぶん、あたしが自分で願いを叶える前提ってことじゃないですか？」

「しかし、今のお体では」

「ハルジくん。悪いけど、ポカリスエットを取ってくれる？」

「また飲むの？　いいけど……ホントに大丈夫なの？」

冷蔵庫からポーンと投げ渡されたポカリを受け取り損ねて、八田さんに拾ってもらい。

ガボガボッと、半分まで一気に流し込んだ。

そう、まずは気づかないうちに脱水に傾いていないかの対処をして。

「あと……inゼリー、まだ残ってる？」

「あるよ。はい」

また取り損ねて、八田さんに拾ってもらった。

あたし、マジで運動神経キレてるよね。

フタを開けてくわえたら、ブシューッと握って10秒もかからず飲み干した。

「ありがと。これでおにぎり1個分のカロリーは、チャージ完了っと」

ポイッとゴミ箱に投げ入れて失敗したのを、タケル理事長が拾ってくれながら。

ガサゴソと袋を破いて取り出してくれたのは、テーブルの下に常備していた氷砂糖だ。

「ほれ、亜月ちゃん。あとは、糖分だろ？」

「すいません、タケル理事長」

これを約30ｇ分——だいたい5～6個かじれば、熱中症も予防できるレベルの糖分が補給できるのだ。

「あー、効くわぁ……」

ポカリスエットとｉｎゼリーで水分と糖分が軽く体を回り始めたところへ、氷砂糖の追い糖分が末梢血管まで行き届いていくのがわかる。

その証拠に、少しずつ手足の先が温かくなっていく。

「七木田さーん。これも必要かい？」

「あ、三好さん。それもください」

ラストは手渡された「塩タブレット」を3錠、ポカリスエットで流し込んだ。

やがて首を回してゴリゴリと鳴らす頃には、当面2時間は問題なく活動できるぐらいには体が回復してきたのを実感できるようになった。

「亜月様……そのワイルドな対処法は、テンゴ院長先生の教えなのでしょうか」

「そうです。とりあえず体が不調なら、まず水分、糖分、塩分を補給する。あたしはネットやテレビの広告に載ってる『なんちゃらサプリ』とか『ほにゃららドリンク』とか、ぜんっつっぜん信用してないの。あたしが信じてるのは、テンゴ先生だけですから」

「クッ——亜月様、なんと健気《けなげ》な」

ふおーっと深く息を吐いてみると、頭が冴えてきた。

「あーっ、キタこれ。よし、ハルジくん。テンゴ先生の部屋に、乗り込みますか」

「え？　なんだよ、急に。あーちゃんさえ良ければ……ぼくはいつでも」

「タケル理事長も、心の準備はいいですか？」

「おかしなテンションになっちまったなァ。オレは、いつでもいいって」

「八田さんも、乗り込みますか？」

「わたくしは、いつでもお側におりますゆえ」

「やっちまいますよ、三好さん。テンゴ先生に憑《つ》いてる、呪いってヤツをね」

「七木田さんは毘沙門天様なしでも、かっこいいなー。いったい、何者なのー？」

「何者もなにも、七木田亜月ですが？」

ワケもなく湧き上がる勇気とともに、できたばかりの破魔矢を握り。

みんなでテンゴ先生の部屋へと急ぎ、問答無用でドスドスとノックした。

「たのもーっ！」

「あーちゃん、まじで大丈夫？　なんか神経が2〜3本、キレてない？」

「言わせてもらえばね。もうとっくに、何本かキレてんの。あたしのガマンも限界なの」

1分でも1秒でも、はやくテンゴ先生を解放する。

先生の中で、あたしが切り取られるのも耐えられないけど。

あんなに痩せてやつれたテンゴ先生を見るのは、もっと耐えられない。

「……返事がありませんね。八田さん、乗り込みましょう！」

それを合図に、八田さんが勢いよくドアを開けた。

なにが飛び出してくるかと、待ち構えていたけど。

いつものようにソファに座っていた先生が、ゆっくりと振り返っただけだった。

「先生！　できましたよ、恋の百物語！　これで追いがけされた呪いも――」

その瞬間、手にしていた破魔矢が光を放った。

それに呼応して、先生の輪郭も黒くぼやけ始める。

葵ちゃんの思念が「黒い手」として現れたように、なにかが出て来ようとしている。

あの時は潜ってサルベージしたけど、こんどは外から引きずり出しているのだ。

「――みんな、来ますよ。いいですか？」

八田さんと三好さんは一歩前に出て、臨戦態勢。

「ここは、わたくしにお任せください」

「七木田さんは、おれが守るからねー」

そのうしろでは、ハルジくんとタケル理事長が身構えていた。

「タケさん。あーちゃんだけは、なんとしてでも」

「わかってるよ。けど、なにが出て来るんだァ？」

みんなの視線が釘付けになる中、ぼやけていた輪郭が次第に形を持ち始めた。

やがてそれは大きな塊となり、ズルリと先生から剝がれ落ちた。

「なっ——なによこれ！　これが先生に追いがけした『呪い』の正体なの⁉」

それは先生と同じぐらいの大きさをした、巨大な黒いカエルだった。

「八田さん！　これ、間違いないですよね⁉　呪いの正体は、コイツですよね⁉」

それに応えるかのように、手にした破魔矢はさらに強く光り輝いている。

いや、それだけではない——今にもカエルに向かって飛び出す勢いで、振動し始めた。

「破魔矢は邪気、邪意、邪道、邪念、邪心——そういった類の妖気を破って、浄化するための矢でございます。それが呼応しているのですから、あれがテンゴ院長先生に入り込んでいた呪いの正体——誰かの思念で間違いないかと」

「コイツが、テンゴ先生を……」

まだ完全に正気を取り戻していないテンゴ先生の横で、グゲェッと鳴いた黒いカエル。

全身ぬるぬるで真っ黒だけど、にちゃりと開いた口だけが煌々《こうこう》と赤い。

その中身はもちろん、大きくうねる舌だった。

葵ちゃんの時は黒い手だったけど、深層心理の中ではあたしの姿になっていた。

だから最後は説得もできたけど、相手がカエルじゃ意思の疎通もできない。

「さぁ、亜月様！　その破魔矢で、今こそこの思念を浄化させましょうぞ！」

「じ、浄化？　どうやって？」

「それ自体がすでに『破魔』の効果を発露《はつろ》しているはず。あとはその『絵馬』の部分に願いを書き込み、カエルにかざすだけでよろしいかと」

組み上げた破魔矢の絵馬には、当たり前だけどなにも書いてない。

もちろんあたしの願いは、このカエルを――。

「――消して、いいの？」

「どうされました、亜月様。ペンなら、ここに」

マジックを取り出した八田さんが、動揺している。

うしろのみんなも、あたしが止まっていることが不思議でならないようだった。

「七木田さん？　近づくのが怖かったら、おれが一緒に」

「違うの、三好さん」

確かに、人より大きなこの黒いカエルは恐ろしくて気持ち悪かった。

でも本当にあたしが怖がっているのは、そんなことではない。

「ほら、あーちゃん！　どうしたの、はやく！」

「待って、ハルジくん……ちょっと、待ってよ」

「おいおい……亜月ちゃん、まさか」

「タケル理事長。この黒いカエルって、邪気とか邪心とか……そんなに『邪』なものなんですかね……」

あの黒い手は、テンゴ先生に対する葵ちゃんの無垢な「想い」だった。

だとしたらこの黒いカエルも間違いなく、テンゴ先生に対する誰かの「想い」なのだ。

「気持ちはわかるけどよォ。実際にテンゴはこんなんなっちまったし、亜月ちゃんのこと忘れかけてんだぜ？」

「だからって、浄化しちゃっていいんですか？　浄化って、消し去るってこと……つまり、なかったことにするわけですよね。あたしがテンゴ先生のことを好きだから……みんながテンゴ先生のことを好きだからって、誰かがテンゴ先生のことを好きなこの『想い』は、浄化されても……消し去られても、いいものなんですか⁉」

誰かの好きはOKで、誰かの好きはダメなんて、そんなのありだろうか。

葵ちゃんはあたしの言うことをちゃんと理解してくれて、上がってきてくれたけど。

このカエルは無理矢理に引きずり出したうえに、意思の疎通もできていない。

「けど、わかってるだろ？　このままだと、テンゴも亜月ちゃんもヤバいんだぜ？」

「でも、あたし――あっ！」

手に持っていた破魔矢を、後ろからタケル理事長がするりと抜き取った。

「貸せ。汚れ役はオレが引き受ける」

「待ってください！」

「亜月ちゃんじゃなくたって、大丈夫かも知れねぇだろ!?　試しにオレが」

「違うんです！　忘れたんですか!?　それ、1回しか使えないんですよ!?」

「……そうだっけ？」

マジックで絵馬に何かを書き込む前に、タケル理事長は動きを止めた。

「その前に！　タケル理事長は、絵馬になんて書く気ですか!?」

「え？　そりゃあ『テンゴを元に戻せ』って……いや、なんか……あれ？」

「ですよね。あたしも何を願ってどう書けばいいか、わからないんですよ」

「いやいや。あーっと……『オマエ消えろ』とか『どっか行け』とかで、どうかな？」

アイツは確かに言った。

——オマエがオマエ自身の心願成就のために組み立てろ、と。

だったら間違いなく、絵馬に書くのも破魔矢を使うのも、あたし自身。

しかも、チャンスは1度だけなのだ。

「あたしは、この見知らぬ誰かの想いを浄化——なかったことになんて、したくないんです。誰かがテンゴ先生のことを好きだという気持ちは、邪でもなければ間違いでもないと思うんです。けど……じゃあ、なんて書けばいいのか……なにを願えばいいのか……」

その間にも破魔矢の光はどんどん強くなり、その振動は今にも飛び出す勢い。

あたしが破魔矢を使うとして、絵馬になんて書けばいいのか誰も思いつかなかった。

――グゲゲェッ。

まさかテンゴ先生を飲み込んだのかと、その鳴き声に振り返った瞬間。

黒いカエルは長くて赤い舌でベロリとテンゴ先生を舐《な》めると、背を向けて窓を見た。

「ちょ、待っ――」

あたしの声は届かず、届いても理解されず。

その太い両脚を思い切り伸ばして、黒いカエルは床を蹴る。

そして一瞬の超速ジャンプで、黒い残像だけを残して窓の外へと消えていった。

あとには割れたガラスの破片などなく、窓をすり抜けて行ったのだ。

「――まさか、離れてくれたの？」

呆然と座り続けていたテンゴ先生が、フルフルッと2～3回首を振る。

掴めない状況を整理するために周囲を見渡したあと、あたしと目があった。

「……アヅキ？」

「テンゴ先生！」

その言葉を聞いて、思わず先生の胸に飛び込んでしまった。

後ろでみんなも、大歓声を上げている。

「先生！　呪いが解けたんですね⁉　あたしのこと、思い出したんですね！」

黙ってあたしを見つめたまま、確かめるように顔や髪を撫でまくる先生。

その手の感触は優しく、そして温かかった。

「オレは、戻れたのか……」

「先生！　あたしの名前は⁉」

「ん？　アヅキ……だと思うが」

「フルネームで！　上から下まで、ぜんぶ呼んでください！」

「エ……全部？　いや、その……ナナキダ、アヅキ……かと」

名前を呼ばれることが、これほど嬉しいことだとは思ってもみなかった。

でも記憶がすべて元に戻ったのか、その確証はまだない。

「先生！　最初にあたしと出会った時のこと、覚えてますか⁉」

「最初は就活に57連敗して、うちの玄関先でションボリしていたと思うが」

「じゃあ、先生のスマホの待ち受け画像はなんですか⁉」

「……いや、それは」

「なんですか！」

「それは、あれだ……その、千葉の里山で一緒に撮った……青い花の咲いた丘で」

「じゃあ、じゃあ！　あたしと先生は、キスしたことありますか⁉」

「エ……？」

「最初はどこでキスしたか、覚えてますか⁉」

先生の目がめちゃくちゃ泳いでいるけど、全部思い出したか確認しないと安心できない。

特にこれ、絶対に忘れて欲しくない記憶だし。

「アヅキ――」

そう言って先生は、あたしの顔をぐいっと目の前に引き寄せた。

吐息のかかる耳元で囁かれたのは、間違いなくあたしとテンゴ先生の確かな記憶だった。

「――だろう？」

それを聞いたあたしの全身から緊張が抜け、膝から崩れ落ちてしまった。

長かった呪いとの戦いは、これで終わったのだ。

それなのに。

あたしを抱きかかえるように支えたまま、先生はなにかを気にしている。

「八田さん。ひとつ聞きたいのだが」

「おぉぉ……テンゴ院長先生。なんなりとお申し付けください。おふたりでの旅行など」

テンゴ先生は真顔に戻り、あたしが手にしていた破魔矢を抜き取った。

「これを使ったのか？」

「ええ。その破魔矢が光を放ち、振動が強くなるにつれ」

「絵馬に、なにも書かずに？」

「……確かに、書く前でございましたな」

そこで八田さんも我に返ったのか、にこやかな爺やの笑顔は消え失せていた。

後ろでハイタッチをしていたタケル理事長たちも、その動きを止める。

「アヅキ。おそらくこれは、アヅキが組み立ててくれたものだな？」

「えっ？　も、もちろん！　そう、ですけど……なにか？」

「これを、どう使った？」

先生の目はさっきまでと違って鋭く、まるでまだ何も解決していないかのようだ。

「使ったっていうか……ただ、握ってただけですけど」

「では。あのカエルは、勝手に去って行ったのだな？」

「最後にベロンて先生を舐めて……まぁ、勝手に出て行ったようにも」

あたしからゆっくりと体を離して立ち上がると、先生の目は焦りの色に変わった。


「まずいな。呪い返しになってしまう」

それは、誰ひとり考えもしなかったことだ。

「でも、先生！　あたし、あのカエルには何もしてないですよ⁉」

むしろあたしは、誰のものかわからないあの「想い」に同情していた。

言葉は交わせなかったけど、気持ちは理解してくれたものだと勝手に思っていた。

間違っても呪い返すつもりなんて、これっぽっちもなかったのに。

「あの黒いカエルが邪念ではなく、強い『想い』だとしても。呪いとして俺にかかっていた以上、それが帰っていったということは『呪い返し』になったと考えていいだろう」

「そんな……そんなつもり、なかったのに……」

「これは毘沙門天であり、深沙大王でもあるアヅキが組んだもの。それを持つアヅキを前にして、臆さない者などいないだろう」

「じゃあ、あのカエルは……」

「人を呪わば穴ふたつ。帰り着く先は、思念の主以外にはない。しかも呪い返しは倍返しとも、それ以上とも言われている。あのカエルが主に戻ってしまう前に止めないと……おそらく、ただでは済まないだろう」

「でも……でも！　先生への想いがあんな形になってしまうなんて、いったい誰なんですか⁉　カエルって、そんな呪い系のあやかし——きゃっ⁉」

よほど急いでいるのか、先生はなにも答えずあたしを抱きかかえた。

「疲れているところを申し訳ないのだが、もう少し付き合ってもらいたい」

「どこへですか⁉　先生、心当たりでもあるんですか⁉」

「俺が……もっと早く、気づいてやるべきだった。すまないが八田さん、時間がない。俺とアヅキを運んでもらえないだろうか」

何もわかっていない、あたしと違い。

八田さんはすべてを理解して、深々とお辞儀を――したわけではなかった。

「この姿になるのは、まったくもって久しぶりでございますな」

背を丸めていた八田さんが、バッと勢いよく両手をかざして天を仰ぐと。

黒衣を身に纏《まと》って黒い羽を舞い散らす、片翼の堕天使に変わっていた。

「八田さん、それ……えっ？　八咫烏って、そんな感じだったんですか？」

「お車では間に合いますまい。恥ずかしながら、この八田孝蔵。常世の姿となって、おふたりを空から運ばせていただきます。よろしいですかな、テンゴ院長先生」

その姿を見ても、誰も驚いていない。

たしか八咫烏は、３本脚だと聞いていたけれど。

まさか片翼を3本目の脚に数えるとは、思ってもいなかった。

挙げ句に、八咫烏のクォーターがファンタジー系のラスボスっぽいイケオジ姿だなんて。

「日が沈んだばかりだが、人目はどうする？」

「闇夜に紛れますが、配下の者に監視カメラと人の短期記憶を操作させます」

八田さんはそう言うと、まるで昆虫の複眼のように横一列にゴツいスコープが4つ並んだ特殊な装備を、ゴーグルみたいに装着した。

「見かけない装置だが」

「なにぶん、老眼なものでして。4眼の暗視装置《GPNVG-18》を使わせていただきます」

さすがはM&D兄弟のお父さんだけあって、装備がめちゃくちゃ本格的だ。

準備が整った八田さんはインカムで配下に指示を出すと、あたしを抱きかかえたテンゴ先生ごと、ひょいと抱えて窓ぎわに立った。

「では、八田さん。水橋さんの家までたのむ」

「Going dark《ゴーイング ダーク》」

意味のわからない八田さんの合図で、あたしとテンゴ先生は夜空へ舞い上がったけど。

なんで今さら葵ちゃんの家に向かうのか、あたしにはまったく理解できなかった。

▽ ▽ ▽

日の沈んだ江戸川町の夜空を、轟々《ごうごう》と風を切りながら。

片翼の堕天使になった八田さんに抱きかかえられた、テンゴ先生に抱きかかえられ。

慣れない角度で江戸川町を見おろしながら、どうしても理解できないことがあった。

「あ、あの！　先生!?」

「息苦しいか？　もう少しの辛抱だから」

落ちないように、テンゴ先生がギュッと抱きしめてくれているものだから。

苦しいというか、気持ちいいというか。

「そうじゃなくて……その、なんで葵ちゃんの家に向かっているんですか？」

「……まぁ、行ってみればわかるかと」

「なんでそんなに誤魔化すんです？　まさか、葵ちゃんが追いがけを」

「それはない。あれはキチンと、アヅキが説得してくれたのだから」

「じゃあ……呪いのエキスパートである、水橋さんのお母さんに相談を？」

「そんな余裕はない」

「だって水橋さん家《ち》には、お母さんと葵ちゃんと」

あとは、お兄ちゃんの司くんしかいない。

そもそも、司くんは男の子なワケで。

そんなことを考えていると、テンゴ先生がごそごそとポケットから何かを取り出した。

「これ、覚えてる？」

落とさないよう大事に手のひらに乗せていたのは、小さな銀細工のカエル。

しばらく記憶を辿ってみて、ようやく思い当たった。

「あ、それは……」

「そうだ。ツカサくんが俺のために作ってくれた、お見舞いの品だ」

その瞬間、まったく想像していなかった選択肢が頭をよぎった。

でもそれを、無意識のうちに否定しているあたしがいる。

だから冷静に、司くんが聞かせてくれた恋バナをもう一度思い返してみた。

――保育園の頃に先生を好きになって。

それはどこにでもある、ありふれた園児の初恋話。

――小学生になっても、やっぱり好きなのは先生で。

別にそれだって大人への憧れだと思っていたけど、その考えが急に揺らぎ始めた。

――中学生になっても変わらなくて。

中学生が、学校の先生を好きになっちゃダメなの？

けどあたし、なにか大事なことを勘違いしてない？

――告白してくれた女子のことを、好きになれなかった。

その理由って、なんだっけ。

あとひと息でなにかに辿り着きそうな時、決定的な言葉を思い出した。

――先生が好きだから、以外の答えが見つからないんです。

司くんは、ひとことも「学校の」先生が好きだとは言っていない。

保育園の時も、小学校の時も、中学校の時も——そして、今も。

司くんにとって、そんな「先生」はひとりしかいない。

その結論に辿り着くと同時に、ふわりとマンション8階のベランダへ着地した。

玄関に回ってピンポンすればいいようなものだけど、その余裕もないということだ。

「ツカサくん、新見だ。いるなら返事をしてくれ」

カーテンの閉められた窓をすぐに開けようとしたテンゴ先生だけど、当たり前のように鍵がかけられて開かない。

電気はついているから、中には居るような気がするけど。

「お下がりください、テンゴ院長先生」

進み出た八田さんは特殊な4連複眼の暗視装置をはね上げると、黒い手袋をはずした。

そこから姿を現したのは、魔人みたいな鋭い爪。

その手を広げて外側から鍵の部分に当てると、キュルンとひと回し。

特殊部隊っぽく窓をぶち破るでもなく、鍵は付いていた窓枠ごと丸く切り取られた。

「ツカサくん。悪いが、勝手に入らせて——」

窓を開けて風になびくカーテンを振り払った先生は、部屋に入った瞬間に硬直した。

今までのできごとを、その光景がすべて物語っている。

「ごめんなさい、先生……本当に、知らなかったんです……まさか、ボクが先生を……」


ベッドに座ってうなだれている司くんと向き合うように、あの黒いカエルがいた。

つまりそれは、呪い返しで帰って来たということ。

つまりあの黒いカエルは、司くんの想いだったということ。

やはり司くんが保育園の頃からずっと好きだった「先生」は、テンゴ先生なのだ。

「よかった。呪い返しには、間に合ったようだな」

「先生、ごめんなさい……本当に、ごめんなさい……ボク、こんなことになるなんて」

「話はあとでゆっくりしよう。今はまず、コイツをなんとかすることが最優先だ」

けど待ってよ、司くんがテンゴ先生のことを好きでも、別にいいじゃない。

なにがダメなの、なんで「呪い」になるわけ？

なんで、テンゴ先生の記憶からあたしを消そうと——って、えっ？

もしかして司くんの「好き」って、あたしがテンゴ先生を「好き」と同じなの⁉

待って待って、呪いの能力は「女系」にしか継承されないってお母さんが。

ちょ——司くん、実は女の子なの⁉

あたしの脳内で混乱が止まらない中、うなだれたままの司くんがつぶやいた。

「いいんです、先生。これは知らず知らずに、ボクが放った行き場のない『呪い』……ボクの元に返ってくるのは、当然のことですから」

「そんなことは、俺が許さない」

「でも、先生……これは呪い返しで」

「俺の目の前で俺の大切な人が呪い返しを受けるなど、俺は許すつもりはない」

「大切……ボクが？」

「当たり前だ。生まれた時から今も、かかりつけ医は俺だ。生後5ヶ月に肺炎で入院しかけた時も、1歳で腸重積《ちょうじゅうせき》になって入院しかけた時も。保育園の運動会で熱中症になってけいれんを起こした時も、すべて俺がキミを診てきた」

「テンゴ先生……」

「ただ唯一、俺が至らなかったことは……もっとキミの心を診るべきだったということ。それだけは……俺は、自分が許せない」

近づこうとしたテンゴ先生を、ぎょろりと大きな目を向けて黒いカエルが威嚇する。にちゃりと開いた口の中で、またあの赤い舌がうねっていた。

「そういうところ、本当に先生はいい人すぎるんです……でも、先生。ボクどうしていいか……っていうかこの気持ち、どうすることもできないですし……もう、疲れちゃって」

「待て！　ツカサく――」

両手で顔を覆った司くんに向けて、黒いカエルが大口を開ける。

呪いがその主を飲み込むことによって、呪い返しは完結してしまうのだろう。

真っ赤な舌がぎゅっと縮み、狙ったエサに向けてそれを超速で伸ばした瞬間。

――グゲゲェッ。

黒い羽を舞い散らせた八田さんの鋭い爪が、司くんを巻き取る寸前の舌を握り止めた。

「水橋司くん、でしたかな」

「……え？」

「テンゴ院長先生のお言葉を最後まで聞かないのは、いささか勿体《もったい》ないですぞ？」

涼しげな表情の八田さんだけど、舌を摑んで止めた腕はビキビキと悲鳴をあげている。

力が拮抗しているだけで、カエルを振りほどいて戦うだけの余裕はないのだ。

その時――脳内にアイツの嫌な声が響いた。

『なにやってんの、亜月。おまえ、バカなの？』

「な、なにやってんのじゃないでしょ！　アンタ、いるんならさっさと出て」

『あのよォ。おまえが手にしてるの、なんなの？　なんのために苦労して作ったの』

めちゃくちゃ腹が立ったけど、言われてみればそうだ。

今ここでこれを握ったまま立ち尽くしているあたしは、確かに無能でバカだと思う。

「けどこれ、どうやって使うのよ！　取説ぐらい、見せてくれたっていいでしょ!?」

『それはこの深沙大王であり、毘沙門天でもある――言ってみれば神でもあり仏でもある者を背負った手で集められ、丹念に組み上げられた代物《しろもの》だ。その使い方もわかんねェようじゃ、これからの人生は何をやってもダメだろうな。もう、全然ダメ』

ブチッと、頭の中でなにかがキレた。

なにこいつ、まじで粗大ゴミに出してやるから！

この期《ご》に及んであたしを試そうとか、真剣にあり得ないんだけど！

あー、わかりましたよ！

この気合いと運だけで生きてきたあたしが、なんとかしてやろうじゃないの！

「待ちなさいよ！　そこのカエル！」

カエルだけでなく、この場にいる全員があたしを振り返った。

「……どうした、アヅキ？」

「亜月様……？」

使い方も分からないまま、破魔矢を握りしめてカエルにかざしてみると。

再び破魔矢は強い光を放ち、ブルブルと振動を始めた。

どう考えても、やはりこの破魔矢でなんとかするしかないのだろう。

けど、この次はどうすればいいの？

相手は呪いなんだから、なんか呪文みたいなヤツとか叫んでみる⁉

「ひ、ひかえおろう⁉」

あー、やっぱあたしバカだわ。

呪文なんて思いつくはずないとは思ってたけど、まさかこれが出てくるとは。

ぜんぜん空気読めてないって、こういうことなんだろうね。

「――じゃなくて！　司くんから離れなさいって言ってんの！」

やがて八田さんは舌を摑んだまま、カエルの頭をぐいぐいと押し戻し始めた。

この破魔矢、あのカエルには間違いなく効果はあるのだ。

けどこのあと、司くんから引き離してどうすればいいわけ？

破魔矢は邪気や邪念を打ち破って浄化するものだけど、あの黒いカエルは司くんのテンゴ先生への想い。

テンゴ先生に対する司くんの「好き」が、あたしの「好き」と同じだとしても、それって「邪」なものなの？

だいたい人の「想い」って、浄化して「なかったこと」にできるワケないじゃん。

それって「存在の否定」じゃん、そんなのあたし絶対許せないよ。

「アヅキ。いま八田さんの息子さんたちも含めて応援を呼んだが、それまで八田さんがもつとは限らない。それに大勢であのカエルを押さえ込んだところで、なんの解決にもならない。その破魔矢をどう使うか、絵馬になにを書けばいいか、想像はつかないのか」

「うぐ……それがアイツ、根性がねじ曲がってて教えてくれないんですよ」

「しかしそれは、100人から聞き集めた恋の物語が結実した物であり、それをアヅキが願いを込めて組み上げたものだ。意味もなく、破魔矢ができあがったとは思えない」

「先生。破魔矢で、なにか有名な逸話とか言い伝えとか知りませんか？」

「破魔矢……有名なのは新田《にった》神社で、端午《たんご》の節句に男児へ贈られるが」

「この破魔矢でテンゴ先生への想いを浄化して、司くんに男らしくなれってことですか？男が男を好きになっちゃ、ダメってことですか⁉　しかもそれを、思ってもないあたしが願って絵馬に書くんですか⁉」

「……明らかに違うな」

「なんなのよ、アイツ！　神であり仏でもあるとか、エラそうなことばっか――待てよ、神であり仏――アイツ、基本的には仏だよね？

ちょっと待って、あたし何か忘れてない？

破魔矢、破魔矢……ってこれ、破魔矢なの？

「あぁ――ッ！　先生、わかりました！　これ、破魔矢じゃないですよ！」

「いや、苦しいのはわかるが……それは破魔矢だと思う」

あたし今、めっちゃ大事なことを思い出したんです！

思い出すの、遅すぎですけどね！

「違います！　これ『守護矢《しゅごや》』ですよ！」

「……聞き慣れない単語だが」

「お寺でも同じ物を扱ってるんですけど、そっちは『守護矢』って言うんです！」

「言い方が違うだけで、用途は同じでは？」

「起源の違うヤツがあるんです。守護矢で有名なのは、信州善光寺《ぜんこうじ》。あそこは無宗派なうえに、古い仏教では希な『女性救済』があったんです！」

「なるほど。無宗派、そして女性救済か。宗派や男女の分け隔てがないということは……つまり、境界線のないスペクトラムを根底に持つ寺だと考えてよさそうだな」

「仁王門《におうもん》裏にある三宝荒神《さんぽうこうじん》が、手に握ってます」

「やけに詳しいのだな」

「いや……うちのパパ『月刊仏像ライフ』を定期購読してるぐらい、仏像マニアなんで」

そうとわかれば、話は別で。

この守護矢も、１回しか使えないのだろうけど。

どう使うべきで、絵馬になんて書けばいいか、答えはすでに出ているようなもの。

司くんの想いであるこの黒いカエルに対して、浄化を願う必要なんてないのだ。

「あ、亜月様……そちらの進展は」

黒いカエルと真正面からガチンコの力比べを続けている、片翼の八咫烏・八田さん。

いつも辛い仕事ばかり頼んでしまって、本当にごめんなさい。

「あと少しで解決します。もうちょっとだけ、がんばってもらえますか？」

「承知いたしましたァ――ッ！　そのような激励のお言葉……この八田孝蔵には、もったいない限りでございます！　たとえこの場で力尽きようとも、このカエルと刺し違えて冥府魔道に落ちる覚悟……とうの昔に、できております！」

いやいや刺し違えちゃダメですし、そこまで感涙にむせばないでくださいね。

あと、すぐに冥府魔道へ落ちる覚悟を決めるのもヤメてくださいね。

でもそのおかげで、あたしは司くんもそのカエルも救うことができると思います。

「司くん。隣、いい？」

「七木田さん……」

ベッドに座って完全に肩を落としている司くんの隣に、あたしも腰をおろした。

テンゴ先生を想う気持ちと、大変な思いをさせてしまった後悔の念で、司くんは押しつぶされそうになっている。

あの黒いカエル――。

テンゴ先生に対する司くんの想いは、決して浄化されるべきじゃない。

「この守護矢。司くんが使って」

絶対にあたしは、間違ってなんかいない。

この守護矢は「直接あたしが」使わなきゃいけないワケじゃない。

あたしが「使って欲しい人に使わせる」という使い方をすればいいのだ。

でも守護矢を手渡された司くんは、明らかに動揺していた。

「な、なんでボクが？　これは七木田さんが集めて組み立てた」

「だから言ったでしょ？　善光寺では『女性救済』をしてたって」

「ボク……見た感じはこんなですけど、一応は……男、なんで」

「あたしが言ってるのはね。この守護矢は、司くんの心にある『女性の部分』が使うべきだってこと。そして『邪』を『破る』んじゃなく、自分を『守る』んだってこと」

女性の部分という言葉を聞いて、司くんは視線を逸らしてうなだれた。

司くんが学校にも行けずに葛藤していたのは、間違いなくこの部分なのだ。

「……ボクは、男のはずなんです。体だって、ちゃんとした男です。だから水橋に伝わる呪いの能力なんて、あるはずなかった……なのに、テンゴ先生を……男の人を好きになるなんて、そんな許されないこと」

「いやいや。ぜんぜん許されると思うけど」

それについて、あたしは自信を持って断言できる。

だってあたし、過去数百年にわたる100人の恋バナを聞かせてもらった猛者《もさ》だから。

「じゃあ、司くんに問題です」

「な、なんですか急に」

「いいから、いいから。狐と蛇とお侍さんの三角関係は、恋愛としてアリでしょうか」

わかるよ、司くんの「この女、急になにを言い出すんだよ」っていうその表情。

でもゴメン、もうちょっとだけあたしの話に付き合ってね。

これ以上、うまく話ができそうにないし。

「ええっと……じゃあ、アリで」

「正解です。では、第2問。狐と幽霊と人間の三角関係は、アリでしょうか」

「……なんか、三角関係が多い気がするんですけど」

「それは置いておいて。アリですか、ナシですか」

「……じゃあ、アリで」

「正解」

「今のは流れでそう答えただけですけど、幽霊が入ってましたよ?」

「だって、本人から聞いたんだもん」

「ホントですか!?」

「なぁに、こんなのは序の口よ。では、第3問いきます。死んだ女性と生きてる男性が愛し合って、女性が妊娠。お墓の下で出産するのはアリでしょうか?」

「えっ!? いや……さすがにそれは、ナシじゃないですか?」

「ぶぶーっ。アリでした」

「ええっ!? だって……出産って」

「司くんにはナシでも、実際にはアリなの」

そりゃまぁ、ビックリするよね。

あたしも最初は、それはないだろうと思ってたから。

けどまだまだ、甘いよ司くん。

「それでは引き続き、第4問。人形浄瑠璃を観てイケメン侍の人形に庄屋さんの娘が恋をしてしまい、パパにダダこねて金にものを言わせてそれを買ってもらい、大人になるまでその人形と寝食を共にするのはアリですか?」

「人形って……それもう、生き物ですらなくなってますけど」

「幽霊だって、生き物とは言えないでしょうよ」

「まぁ、そうですけど……」

「二択です。アリでしょうか、ナシでしょうか」

「……ナシ？」

「ぶっぶー。これも司くんがナシだと思っているだけで、歴史的にはアリでした」

「そんな……大人になるまで、ずっと人形とご飯を食べて、人形と寝てたんですか？」

「結末は、そんなモンじゃ済まなかったんだなぁ。娘が人間の男と結婚させられることになったらその人形が激怒して、祝言の席に乗り込んできて大乱闘よ」

「人形にも、その娘さんを好きだという気持ちが宿ったんですか？」

「そうなんじゃない？　知らんけど。さて今度は、もっと難しいよ？　衝立に描かれた美人画を好きになりすぎた挙げ句、呪法で呼び出して告白するのはアリですか？」

「相手は絵ですよね？　けど、まさか……」

「これが、アリなんですわ。日本は昔から、相手が人形だろうが絵だろうが、だいたいOKなんです。では、最後の問題」

「まだあるんですか!?」

「最後は恒例のボーナス問題です。正解したら1万点が入ります」

「なんですか、そのルール」

「ではいきましょう。水橋司くんへの、最後の問題——」

苦笑いだけど、ほんの少しだけ司くんの口元が弛んだ。

あたしは、こんな風にしか司くんに説明できないけど。

これって日本古来から脈々と流れている、立派な恋バナだからね。

「――男性が男性を好きになりました。アリですか、ナシですか？」

「七木田さん……」

今までの話を聞いて、それでもこれをナシだと言うのなら。

過去数百年に遡《さかのぼ》って、日本の恋バナや異類婚は全部ナシにしなければならないだろう。

「そりゃあね。衝立に描いた絵や浄瑠璃の人形が好きだ、一生添い遂げたいだなんて、人からは『バカ』とか『キモい』とか『あり得ない』とか、絶対言われたと思うけど――」

司くんはあたしを見つめたまま、黙り込んでいる。

果たして、あたしの言いたいことは伝わるのだろうか。

「――好きな気持ちって、他人から止めろって言われたら、止められるものなの？」

「でも……」

人の気持ちは機械じゃない。

止めたくて止められるものなら、不倫も三角関係も、この世には存在しないだろう。

その気持ちを心から消せと言われて消せるほど、人間には便利な上書き機能はない。

「浄化されて、なかったことにされていい『人の想い』なんて、絶対ないから」

黙ったままの司くんが、このまま消えてしまうのではないかと心配になっていると。

司くんを挟んで、あたしと反対側のベッドにテンゴ先生が座った。

「ツカサくん。隣、いいか？」

「テ、テンゴ先生……」

ずいぶん穏やかな表情をしているけど、その目の前では八田さんが黒いカエルと真正面からガチでフルパワーの押し相撲を続けている。

「八田さん。申し訳ないのだが、もう少し時間を稼げるだろうか」

「お任せください、テンゴ院長先生！　この八田孝蔵、命に代えましても」

「いや、命は大切にして欲しい。八田さんも、俺にとって大切な人だから」

「そ、そのお言葉――ッ！　もったいのうございます！」

いやほんと、八田さんはあたしにとっても大切な人だよ。

負ける気はちっともしないんだけど、甘えすぎだから今度なにかお礼をしなきゃな。

そんなことを考えていると、隣の司くんは不意に涙を浮かべた。

「ごめんなさい、テンゴ先生……ボクが先生に呪いを……」

「泣くのは構わないが、その必要はないと思う」

相変わらずスマートに、テンゴ先生はハンカチを差し出した。

そんな先生にも、司くんの気持ちは十分に伝わったのだと思う。

司くんへの眼差しは、妬《や》けてくるほど優しいものだった。

「先生……」

「ん？」

「……あれは、いくら温めても孵らない卵のはずだったんです」

「卵？」

「ボクは、葵が羨ましかったんです。思ったことを思ったまま先生に告げても、許される……なにより、もしそれが叶わない想いだとしても、自分でそれを先生に伝えることができる。七木田さんだって、そうです……」

「ツカサくんも生きている限り、誰にでも自分の気持ちを伝えられると思うのだが」

「……できないですよ。ボクのように『女みたいな男』が大事に抱えている卵から生まれる物は、あんな『呪い』の形にしかならない……だから『追いがけ』なんていう形で、先生をこんなに苦しめて……」

なにから話そうかと、テンゴ先生は天井を見あげて少しため息をついた。

「ツカサくん。俺はアヅキのようにわかりやすく説明するのが苦手なので、わからなかったらそう言って欲しいのだが――」

テンゴ先生、なんか厳しいことを言うつもりはないですよね？

司くん、先生のことが好きなんですからね？

「――人間の性的な表現形には、目に見える『身体的特徴』と、目に見えない『心理的な特徴』がある。身体的な特徴は『男女』の2種類しか存在しないと世間の大部分は思っているようだが、それはあまりにも勉強不足と言わざるを得ない」

司くんはその医学的な話を、真剣な眼差しで聞いている。

あたしもしっかり聞いて理解しないと、どんどんバカになり下がってしまう。

「ましてや性的な心理的特徴である脳の活動――つまり『心の性別』にはっきり境界線を引いて『男女の2種類』に分類することは、不可能と言うよりナンセンスなことなのだ」

「すいません……ボク、先生の言ってる意味がよくわからないです」

あたしが質問するのもアレだと思っていたので、司くんが聞いてくれて良かった。

えっ、なんであたしの方を見てるんですか先生。

「俺もアヅキの真似をして、ツカサくんに問題を出してみたいと思う」

「……難しくないですか？」

「では、第1問だ――」

テンゴ先生、待ったナシですね。

だから、あたしの方を見てニコニコしなくていいですから。

「――病気を診断するときには、必ず診断基準というものがある。では『心が100％男性』であるというためには、どのような基準を満たせばいいだろうか」

「……100％、男性？」

なにそれ、難しすぎませんか？

その前にあたし、先生がなにを言ってるのかすら理解できないんですけど。

「身体的特徴が男性の人間は、心も男性であるべきだというのなら。どのような種類の『男らしい』心理特性を、何種類以上持ち合わせていれば、その人間は『心が100％男性』であると定義されるのかという問題だ」

「すいません……全然わからないです。それに……さすがに『100％』じゃなくても、いいんじゃないかと思うんですけど」

「では何％以上が男性なら『その心は男性』であると定義されるのだろうか」

「それは……わからない、ですけど」

「俺も知らない」

「え……？」

なんであたしの方を見て「どうこれ？」みたいな顔をしてるんですか。

先生が問題の答えを知らないんだったら、すでにクイズ形式になってないんですけど。

「つまり『心が100％男性』というものが定義されていないのに、なぜそこから『男性らしさ』が議論できるのか、俺には理解できなくて困っている。そもそも『男性らしい心の特性』自体がどのように定義され、何種類あるか知っているか？」

「そんなもの、あるんですか」

「俺も知らない」

なんて答えていいかすら分からなくなった司くんは、ぽかんと口を開けたまま。

いや、あたしも同じように口を開けてたわ。

「逆に俺がツカサくんに質問させてもらいたいのだが、いいだろうか」

「な、なんですか」

「さっきツカサくんは、自分のことを『ボクのように女みたいな男』と言っていたが。ツカサくんの心理的特性——つまり心は、何%が女性なのだ？」

なんとなくだけど、テンゴ先生の伝えたいことが理解できた気がする。

スイーツが好きなら女性的なのか、編み物が好きなら女性的なのか。

物腰が柔らかければ、ファッションやコスメに詳しければ、細かい気遣いができれば、家事が上手なら——いったい、なにをどれだけ持っていれば「女性的」だとか「女子力が高い」だとか、世間では言うのだろうか。

「え……いや、それは……」

「もしも『女性的な心』が定義できると仮定してもだ。51%が女性的で49%が男性的であれば、その人間の心は女性だと言えるのか？　逆に49%が女性的で51%が男性的なら、その心は男性だと定義できるのか？　果たしてその1%に、男女を区別する境界線の意味はあるのか？」

なにをどれだけ持ち合わせていれば「女性の心」と言えるのか。

そんなものに定義なんてないし、それはただの社会的価値観や誰かの押しつけなのだ。

「だから俺はツカサくんの中にある『俺を好きでいてくれる気持ち』が、男性的なものか女性的なものかなど、まったく関係なく――」

そう言ってテンゴ先生は、司くんの肩にそっと手を置いた。

その光景に、男女の境界線はまったく感じられない。

「――ありがとう。とても嬉しく思った」

それを聞いてあたしの呼吸が止まり、心臓は激しく血液を吐き出し続けている。

恋愛感情に男女の区別はないのだと実感したのは、生まれて初めてかもしれない。

「ツカサくん。虹は七色だというが、キミにはその色の境界線が見えるか？」

「……え？」

「すべては境界線のないスペクトラム。存在してはならない色などない。ツカサくんには、それだけはわかって欲しい」

司くんの頬も一瞬だけ赤く染まったけど、ゆっくりとまた視線を床に落とした。

たとえ先生の話がすべて理解できたとしても、恋愛はまた別の話なのだ。

「でも先生は……男女とか関係なく、七木田さんが好きなんですよね？」

「アヅキの代わりなど、誰もいない。それだけは永遠に変わらないと思う」

真摯な眼差しのまま、テンゴ先生は司くんから視線を逸らさない。

それを見て、司くんの頬に一筋の涙が流れた。

「でも先生、ありがとうございました……ボクの気持ちを、理解してくれて……」

「俺の方こそ、すまなかった。赤ちゃんの頃から診ていて、ツカサくんの気持ちに気づかないなど……どうにも俺は、こういうことに疎くて仕方ない」

先生から渡されたハンカチで、司くんはもう一度涙を拭いている。

そしてあたしの方を振り向き、まっすぐな瞳で手を差し出した。

「七木田さん。その守護矢、ボクが使います」

「ほんと？　大丈夫？　あのカエル、浄化したりしちゃダメだからね？」

ははっと苦笑いを浮かべながら、司くんは守護矢を受け取った。

「大丈夫ですよ、安心してください。早くしないと、八田さんが限界っぽいんで」

そして机からマジックを取ってきて、絵馬になにか願い事を書き始めた。

「な、なんて書いてるの？」

「えーっ。見せませんよ、恥ずかしい」

「だよね、だよね。ごめん、つい……」

絵馬になにかを書き終わると、司くんはゆっくりとマジックのフタを閉じ。

どう使うかもわからないまま、それをスッと黒いカエルにかざした。

「あれは、いくら温めても孵らないはずの卵から生まれたもの――」

「浄化しちゃダメだよ⁉　司くんの想いを、なかったことにしちゃダメだからね！」

最後まで慌てるあたしと、それを穏やかに見つめているテンゴ先生。

司くんは黒いカエルに向かって、その願いを口にした。

「――だからその日が来るまで、また卵に戻して温め直します」

今までと違い、守護矢は強くも暖かい光を放った。

100人から集めた人それぞれの恋物語は、守護矢という形に結実し。

八田さんと押し合っていた巨大なカエルは、次第にその姿をオタマジャクシへと変え。

司くんの中に存在していた、女性的な心を救済する。

やがて光る球体――卵へと還っていった。

ベッドから立ち上がった司くんは、宙に浮いたまま揺れている卵へと歩み寄り。

慈しむように抱きしめると、それをゆっくりと胸の中へ取り込んだ。

「お帰り。ボクの大切な卵」

司くんの想いは、呪い返しになることもなく。
それはあたしにとっても、かけがえのない恋の百物語となった。

【エピローグ】

テンゴ先生が元に戻ると、あやかしクリニックの外来も元に戻り。

休みの日にはまた、八田さんの車で出張や往診に出かけて行くようになった。

タケル理事長には週1～2のペースで外食に誘われ、ハルジくんは相変わらず風呂あがりにあたしの部屋でロボット――じゃなかった、モビルスーツの撃ち合いゲーをしている。

三好さんとタマちゃんの関係が今さら変わるはずもなく、強いて言えば外泊の時にあたしたちと一緒にご飯を食べたりするようになったのは新しい変化かもしれない。

当然あたしはあたしで、クリニックの受付事務に戻ったわけで。

カウンターから処方箋と診療報酬明細を渡し、今日も最後の患者さんがお会計を終わる。

「お大事にしてくださいね」

なにごともなかったように、またいつもの日々が――。

あたしにだけ、戻ってこなかった。

「今日も、来るかな……」

レジ合わせはあとにして、まずは入口を閉めてしまおうとドアへ行くと。

なにやらキャッキャと、騒がしい女子の声が外で響いていた。

「……今日も来たか」

もしかすると、万が一にも患者さんかもしれないので、念のためにドアを開けてみると。

高校生ぐらいの制服少女たちが3人ほど、ワケもなく楽しそうに盛り上がっていた。

まぁ多分、患者さんじゃないんだろうけどね。

こう見えてもあたし、一応はクリニックの受付だからさ。

「どうされましたか？」

受付スマイルで声をかけると、これまたワケもなくキャーッと盛り上がる女子たち。

あたしも数年前までは、こんな感じだったかなぁ。

いや、そんな友だちいなかったか。

誰が言い出すかだけでかなり盛り上がったあと、ひとりの制服少女が前に出た。

「あの……ここって『恋の神さまがいる病院』ですか？」

そんな神社やパワースポットはあっても、病院はないでしょ。

恋煩いとは言うけど「恋愛科の病院」ってないでしょ、と最初は思ったけど。

このところ外来が終わるたび、こんな感じで女子中高生たちがやってくるのだ。

「そんな話、誰から聞いたの？」

じっと見ていると、3人の輪郭がぼんやりと光っている。

やっぱり、あやかしさんだよね。

うちのクリニックって、フツーの人なら見えてないレベルで来ないもんね。

「あの、あの……ウチらの友だちの友だちで、洗濯キツネの子がいて——」

あぁ、やっぱ優空《ゆうあ》ちゃんか。

この前たまたま江戸川町駅のイオンで会って、つい女子トークしちゃったんだよね。

その時、自慢げに今回の話をしてしまい。

司くんのカエルが卵に還ったあと、あの守護矢がまたバラバラになったことを聞いた優空ちゃんが、そのカケラを「恋のお守り」として欲しいと言い出したのだ。

どうせ1回の使い切りだし、いつもクリーニングでお世話になってるし。

どうぞどうぞと1個あげてしまって以来、どこからともなく噂が広がったらしい。

ていうかあのカケラ、そんなに効果があるのかね。

「しっ。誰が聞いてるかわからないから、静かに」

あたしも迷惑してるんだか、楽しんでるんだか。

まるでここが秘密のアジトのように、こっそり3人の女子高生を中へ手招きした。

「うっそ！　やっぱ、本当だったんだ！」

「マジで!?　ここだったの!?」

「ヤバいよね、超ヤバいよね！」

もうめんどくさいから、そういうことにしていた。

恋は心の持ちよう、気の持ちよう。

これで少女たちが勇気を持てるなら、それでいいじゃないの。

まぁちょっとだけ、初診料を取りたい気持ちはあるけど。

「あんたたちに、ひとつだけ確認するんだけど――」

受付に戻り、カウンターに肘をついて身を乗り出すと。

女子高生たちに向かって、キリッと真顔で問いただした。

「――誰かを呪ったり、別れさせようとか考えてないでしょうね」

「えっ？」

「あいつさえいなければとか、あいつと別れてくれさえすればとか。そういう前提から始まる想いって、このお守りには無効――っていうかその呪い、返ってくるからね？」

どこの魔女だよみたいな雰囲気作りも、だいぶ板についてきたらしい。

3人はお互いの顔を見合わせたあと、ひとりの子が自信を持って宣言してきた。

「ウチら、そういうのじゃないです。マジで相手のこと好きなんで、この想いが伝わればいいなって、そう思ってここに来ました」

眩しい！

ごめん、そのキラキラした瞳はヤメて！

なんか、あたしが浄化されそうで怖いわ！

「よろしい。ではみんなに、これを授けましょう」

カケラをそのまま渡すのも、御利益がなさそうなので――っていうかこれ、お守りじゃないんだけど――ハルジくんからもらった一番小さなお薬袋に、例のカケラを入れ。

目を輝かせている3人の女子高生たちに、ひとりずつ丁寧に手渡した。

こんど、なんか儀式っぽい動きでも付け加えようかな。

「ありがとうございます！」

「やったね！」

「なんかあたし、告《こく》れる気がしてきた！」

だからその笑顔、眩しいって！

なんなの、汚れたあたしの心を洗ってくれてんの!?

大事そうに薬の小袋をカバンに入れている、女子高生たち。

これってはたから見たら、違法薬物の受け渡しっぽいけど大丈夫かな。

「あんたたち。最後は『意志が決め手』だからね」

「はい！　がんばります！」

眩しいばかりだった女子高生たちが、ようやくクリニックから帰って行くと。

今日は入れ替わるように、もうひとり学生さんがやってきた。

「あれ？　司くん？」

詰め襟の黒い制服に学生カバン姿の、マッシュウルフが似合う男子高校生。

どうやら司くんはこの前の一件で、学校へ行けるようになっていたらしい。

「どうも。診療、終わりました？」

「うん。終わっちゃったけど、テンゴ先生なら診てくれると思うから呼んで」

「や。今日は、受診で来たんじゃないんで」

「え……どうしたの？　なんかあった？」

少しはにかんで前髪をいじっているその姿が、なんともカッコ可愛い。

どう見ても以前より司くんは、様々な魅力というかオーラがバージョンアップしていた。

「ボクも、欲しいかな……と思って」

「なにを？　あたしだけじゃ、処方はできないんだけど」

「違いますよ。七木田さん、恋の神さまなんでしょ？」

「えっ……まさか、欲しいって」

「恋のお守りですよ」

にっこり浮かべたその笑顔には、少しも曇りがない。

司くんの中にあった葛藤は、どうやら完全に消えてしまったのだろう。

あのカエルが卵に還ったように、司くんも本来あるべき姿に返ったように見える。その表情はさっきの女子高生たちと同じく、眩しいばかりのものだった。

「へー。ちょっと意外」

「そうですか？」

「だってあの守護矢の絵馬になんか書いて、実際に使ったのは司くんじゃん。なのに、そのカケラを欲しいなんて」

「だから『お守り』としてですよ。やっぱ、使った本人はダメですか？」

「ぜんぜんＯＫでしょ。待ってね、いま袋に入れるから」

「いや、別にそのままでもいいですけど」

守護矢の白いカケラを薬袋に入れながら、ふと考えた。

司くん、他に好きな人でもできたのかな。

まぁ若いから、可能性は無限大だよね。

あたしもテンゴ先生とのお守り用に、１個は残しとかないとなぁ。

「はい。じゃあ、これね」

「ありがとうございます」

やっぱりその笑顔、絶対アップグレードしたでしょ。

今なら誰でも落とせる気がするけど、誰でもいいってワケじゃないよね。

あぁ、気になるなぁ。

知らない仲じゃないし、聞いちゃおうかなぁ。

「ちなみに、なんだけど……聞いてもいいかな」

「なんですか？」

すごく懐かしいものでも見るように、渡した薬袋の中を覗いていた司くんが顔をあげる。

「これをもらいに来たってことは……誰か好きな人でもできたの？」

それを聞いた司くんは満面の笑みを浮かべ、迷うことなくまっすぐな視線で答えた。

「そんなの、テンゴ先生に決まってるじゃないですか」

うっ、眩しい！

悔しいっていうか、末恐ろしいっていうか。

あと何年かしてもっとバージョンアップしてきたら、あたしマジで負ける気がする。

あたしの方が、外見だけ女子で中身がオッサンになってる可能性が高いもの。

「だ……だよね」

「人の想いは簡単に消せないって言ったの、七木田さんですよ？」

「……ですよね」

「ボク、決めたんです。医学部に行って、ここへ研修医として戻って来ますから」

「えぇっ!?　マジで!?」

ちょ、あたしマジで負けるって！

あたしもなにか努力しないと、確実に司くんのスペックに負けるって！

「じゃあこれ、その時まで大事にお守りとして持っておきますね」

ウィンクしながら親指と人差し指で「バーン」なんて、ヒキョーでしょ！

どうしよう、あたしもなんかキメポーズ考えないと！

そんな悔しい思いをしながら、司くんの出て行った後の入口を急いで閉め。

受付のカウンターを振り返ったら、いつの間にかテンゴ先生が立っていた。

「せっ——いつからそこに⁉」

「いや。診察室で順番待ちをしていたのだが」

なぜか体裁悪そうに、無造作へアーをかきあげるテンゴ先生。

首に聴診器をかけた白衣姿で、それはファールです。

「順番って……なんの？」

「もう、次は待っていないだろうか」

「まぁ……待ってても、さすがに今日はもう閉めちゃいますけど」

「エ？　終わり？」

なんでそんなに動揺してるんですか、なにを戸惑ってるんですか。

って、待ってくださいよ？

「あの……先生？　順番って、もしかして」

「俺も、その……欲しいと思う」

「ハァ⁉　まさか中高生の間で噂になってる、この『恋のお守り』ですか⁉」

「そうか、中高生限定か……」

「いやいや！　違う違う、そうじゃなくて！」

ヤメてくださいよ、そんなに肩を落とすことないじゃないですか。

あげます、あげます、好きなだけ何個でもあげますけどもね。

「では、特例として許可してくれるのか」

「もちろんです！　特例っていうか、オンリーワンで！」

「なんというか……権力を振りかざしたようで、申し訳ない」

一応みんなと同じようにカケラを薬袋に入れて、妙な気持ちで手渡すと。

先生は仏像みたいに、穏やかなアルカイック・スマイルを浮かべた。

「ていうか、先生？　あの……なんていうか」

「大丈夫だ。特例としてもらったことを、他言するつもりはない」

「いやいや、そうじゃなくて。お守りのことじゃなくてですね」

「大丈夫だ。カケラの入れ物は、キチンと破れないものを作ろうと思っているが？」

「いや……お守り袋の話でもなく」

「では、なにを？」

そうだった忘れてたよ、いつものテンゴ先生ってこんな感じだったわ。

返ってくる言葉がだいたい斜め45度にズレるから、ちゃんとあたしから言わなきゃ。

「先生はそのお守りに、なにをお願いするんですか？」

「エ？　エ……？」

「あたし、てっきり先生とは成就しているものだとばかり思ってたんですけど」

「いや、これは……その、つまり……そういう類のものではなく」

「じゃあ、なにをお願いするんです？」

めちゃくちゃ顔を真っ赤にして、視線が泳ぎまくっている先生。

まさか、他に好きな人ができたとか。

「それは、その……深沙大王としての指示だろうか」

えっ、言えないことなの⁉

やっぱもう、あたしアウトですか⁉

「……まぁ、別にいいですけど」

先生は困り果てた挙げ句、大きなため息をついた。

そんなに言いにくいことなんですかね、わりとあたしの心が折れかけてるんですけど。

「それは俺が非常に良くないので、恥ずかしながら言ってしまうとだ。夢の中のことなので無効だと言われてしまえば、それまでなのだが……アヅキは覚えているだろうか」

「なんのことです？」

視線を逸らしていた隙に、不意打ちのような軽いキスをされた。

あまりにも突然のことで、言葉が出て来ない。

「悪夢から戻ったら、これの続きをすると約束したことを」

「え、いや……エ？　これの続き？」

あっ、思い出しました。

葵ちゃんを連れて上がる時に、平常心ギリギリになって慌てて言いましたね。

言った言った、めちゃくちゃ恥ずかしいこと言ってました。

「それが成就するように、これはお守りとして」

どうやら恋の百物語は、あとひとつ残っていたようだった。

この作品は、小説投稿サイト「エブリスタ」に掲載されていたものに、
加筆修正しております。

光文社文庫

江《え》戸《ど》川《がわ》西《にし》口《ぐち》あやかしクリニック4　恋《こい》の百物語《ひゃくものがたり》

著　者　藤《ふじ》　山《やま》　素《もと》　心《み》

2020年7月20日　初版1刷発行

発行者　鈴　木　広　和
印　刷　萩　原　印　刷
製　本　ナショナル製本

発行所　株式会社　光　文　社
〒112-8011　東京都文京区音羽1-16-6
電話（03）5395-8149　編　集　部
8116　書籍販売部
8125　業　務　部

ISBN978-4-334-79058-5　Printed in Japan

組版　萩原印刷

光文社キャラクター文庫　好評既刊

天ノ狗《アメノキツネ》　芳納《よしの》　珪《けい》

荒川乱歩の初恋　高校生探偵　阿野《あの》　冠《かん》

いみず野ガーデンデザイナーズ　ワケあり女子のリスタート　蒼井湊都《あおいみなと》

いみず野ガーデンデザイナーズ2　真夏の訪問者たち　蒼井湊都

営業の新山さんはマンションが売れずに困っています　タカナシ

江戸川西口あやかしクリニック　藤山素心《もとみ》

江戸川西口あやかしクリニック2　アーバン百鬼夜行　藤山素心

江戸川西口あやかしクリニック3　私の帰る場所　藤山素心

神楽坂愛里の実験ノート　絵空ハル

神楽坂愛里の実験ノート2　リケジョの帰郷と七不思議　絵空ハル